무한 레벨업

현윤 퓨전 판타지 소설

FUSION FANTASTIC STORY

무한 레벨업 6

현윤 퓨전 판타지 소설

초판 1쇄 찍은 날 § 2016년 9월 7일
초판 1쇄 펴낸 날 § 2016년 9월 14일

지은이 § 현윤
펴낸이 § 서경석

편집책임 § 최지원

펴낸곳 § 도서출판 청어람
등록번호 § 제387-1999-000006호
등록일자 § 1999. 5. 31
어람번호 § 제1-2520호

주소 § 경기도 부천시 원미구 부일로 483번길 40 서경B/D 3F (우) 14640
전화 § 032-656-4452 팩스 § 032-656-4453
http://www.chungeoram.com
E-mail §chungeorambook@daum.net

© 현윤, 2016

ISBN 979-11-04-90961-0 04810
ISBN 979-11-04-90768-5 (세트)

※ 파본은 구입하신 서점에서 교환하여 드립니다.
※ 저자와 협의하여 인지를 붙이지 않습니다.
※ 이 책은 도서출판 청어람과 저작자의 계약에 의해 출판된 것이므로,
무단 전재 및 유포·공유를 금합니다.

무한 레벨업

6 [완결]

FUSION FANTASTIC STORY

현윤 퓨전 판타지 소설

도서출판 청어람

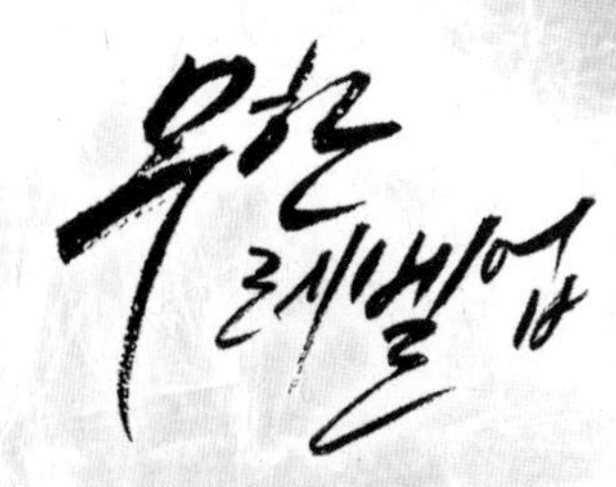

목차

제1장

두 번째 상자

이른 아침, 아펠트 군도의 영주성으로 의문의 상자가 배달되었다.

석회석 공장 기술자들은 자신들이 이것을 취득하게 된 경위에 대하여 자세히 설명하였고, 하진과 나타샤는 이것이 드래곤의 황금 상자라는 것이 아닐까 하는 생각을 해보았다. 하지만 현재 드래곤 로드는 세상을 떠난 지 오래되었기 때문에 그에 관한 자세한 내막은 알 길이 없었다.

그는 보석이 두 개 없어진 것으로 보아 누군가 소원을 빌었다는 것으로 가정하였다.

"이 두 개로 과연 무슨 소원을 빌었을까요?"

"글쎄, 다만 드래곤 로드 이외에 이것을 사용할 줄 아는 사람이 있다는 것이 신기할 따름이군."

황금 상자는 드래곤에게만 대대로 전해져 내려오던 물건이지만 또 다른 상자가 하나 더 있을 확률도 배제할 수는 없었다.

애초에 상자가 어떻게 만들어진 것인지, 어디서부터 전해진 것인지 아는 사람이 한 명도 없기 때문이다.

나타샤는 상자에 대해 알 수도 있는 인물을 떠올렸다.

"로드가 영면에 들어가기 전, 대략 2만 7천 년쯤 산 고룡이 있었다. 그는 성심성의껏 드래곤 로드를 보좌하면서 우리가 알 수 없는 지식까지 전부 수집하여 머리에 지니고 다녔지."

"흐음……."

"드래곤 로드의 사념이 깨어나면서 쿠르드의 전언이 나에게 닿았으니 나는 이제 남은 동족들을 깨워야 하는 사명을 받은 셈이다. 나는 이제 그를 찾아내기 위해 길을 떠날 참이야. 함께 가겠나?"

"좋습니다. 함께 가시죠."

그녀가 제안한 여정은 대륙을 다시 평화와 화합의 땅으로 되돌리는 일이기도 했지만 하진과 선미에겐 다시 지구로 돌아갈 수 있는 방책이기도 했다.

하진은 선미에게도 동행을 제안했다.

"함께 가주겠어?"

“물론이죠. 제가 두 사람의 식사와 잠자리를 책임질게요.”
“식사만 책임져 줘. 잠자리는 내가 알아서 할게.”
“그래요, 그럼 그렇게 해요.”
두 사람의 동행이 성사되는 것을 바라보던 일리나가 하진에게 다가왔다.
“나도 함께 가겠어요.”
“이, 일리나?”
“내 동족이 어떻게 태어난 것인지, 그리고 그 뿌리가 과연 어디에 있는지 알고 싶거든요.”
나타샤는 일리나의 동행을 흔쾌히 수락하였다.
“사람이 너무 많은 것도 아니고 우리의 씨앗으로 만들어진 열매가 함께한다는 것은 나쁘지 않은 일이 되겠군.”
이리하여 네 명의 원정대가 구성되었고, 이제 내일 동이 트면 곧바로 출발할 것이다.
하진은 자신을 따라 우드림에서 이곳까지 온 엘프족 여왕 엘레니아에게 말했다.
“제가 자리를 비우는 동안 군을 이끌어주십시오. 제 측근인 군의 장수들과 기사들이 잘 보좌해 드릴 겁니다.”
“걱정하지 마십시오. 네피림과 드워프족이 함께하는데 무슨 걱정이 있겠습니까?”
“아시스 왕국으로의 진군과 혹시 모를 신성 제국의 습격에만 잘 대비하시면 큰 문제는 없을 겁니다.”

"잘 알겠습니다."

하진은 연합군 부사령관인 테르니온에게 말했다.

"제독, 군을 부탁드려도 되겠습니까?"

"걱정 마시게. 아시스 연합국을 쳐부술 비책은 이미 고안해 두지 않았는가?"

지금 아펠트 군도에선 하진이 고안한 4조 우강선 마공라이플을 개발하는 연구가 한창이었다.

하진이 가진 현대적 지식에 드워프족의 기술력, 거기에 네피림의 마법까지 더해진 초대형 프로젝트였다.

만약 이것이 제대로 개발되기만 한다면 이제 연합군의 전력은 지금까지와는 비교도 할 수 없을 정도로 증강될 것이다.

"그럼 다녀오겠습니다."

"그래, 부디 몸조심하시게."

"예, 제독."

이제 하진은 여정을 위한 행낭을 꾸리기로 했다.

* * *

아펠트 군도의 무기 연구소 안.

탕탕탕!

현재 무기 연구소 안에선 흑색화약을 현대식으로 바꾸는 연구가 이어지고 있었다.

드워프족 화포 기술자들은 인간의 흑색화약을 이미 한 단계 업그레이드시켜 탄매의 발생을 1/3로 줄이고 화력을 대략 네 배쯤 증강시킨 화약을 개발한 바가 있다.

판테리아계에는 무수히 많은 광물이 있지만 북부 지역 사막지대에는 블랙 미스릴이라는 특수 광물이 많이 자생한다.

이 블랙 미스릴은 일정 온도 이상의 열을 만나면 폭발하는 성질을 가지고 있는데, 이것은 지구의 니트로글리세린과 비교해도 전혀 손색이 없는 물건이었다.

다만 자체적으로 폭발력을 일으키기는 힘들기 때문에 계량된 화약을 섞어서 촉매 역할을 해주는 것이다.

드워프들은 이 기술을 연마하기 위하여 무려 200년이라는 시간을 할애하였고, 지구의 화약과 거의 비슷한 경지에 이르게 되었다.

그러나 블랙 미스릴의 불안전성을 극복하기가 꽤나 힘들다는 것이 문제였다.

블랙 미스릴은 화약이라는 촉매를 통하여 폭발하기도 하지만 사격으로 인해 올라간 총열 자체 열에 의해서도 폭발을 일으킨다.

또한 폭발점이 일정하지가 않아서 이것을 안정시키는 것이 관건이었다.

드워프들은 이 두 가지 난제를 극복하기 위해 마법과 정령술을 동원하였다.

가칭 'D-1'이라고 불리는 소총 안에는 가스 작용을 위한 가스관이 삽입되어 있고, 이 관이 총기의 노리쇠를 움직여 재장전시키게 된다.

이 가스 작용이 일어날 때 총기의 내부 열을 잡아주는 안정기가 작동하게 되는데, 이 안정기 안에는 냉각 마법이 걸린 마정석이 장착된다.

마정석이 무기 내부의 온도를 적당하게 유지시켜 주어 블랙 미스릴의 불완전성을 상쇄시켜 주는 것이다.

안정기는 총이 만들어내는 열과 충격으로 마력이 재충전되어 영구적으로 사용할 수 있다는 것이 특징이다.

이리하여 첫 번째 난제가 해결되긴 했지만 폭발점을 일정하게 만드는 작업은 쉽지가 않았다.

드워프들은 이 세상에 존재하는 모든 광물을 전부 다 섞어서 블랙 미스릴을 컨트롤하는 실험을 해보았으나 줄줄이 실패하였다.

드워프의 화약 장인 쿤트는 블랙 미스릴과 같은 광물로는 도저히 답을 찾을 수 없다는 사실을 깨달았다.

"도대체 무엇이 문제인 것일까?"

연구소 깊숙한 곳에 틀어박혀 연구에 몰두하고 있던 그는 끼니마저 잊고 있었다.

똑똑.

"연구소장님, 식사하셔야지요."

"아아, 벌써 때가 그렇게 되었나?"

엘프족 영양사 피레네는 영지의 모든 사람이 식당에서 끼니를 해결할 때까지 한시도 가만히 있는 법이 없었다.

그녀는 쿤트를 데리고 마지막 배식을 시작하려 한다.

"가시죠. 이제 저와 소장님만 식사를 하면 된답니다."

"그렇군. 그럼 어서 가지."

피레네와 함께 식당으로 향하는 동안 쿤트는 그녀에게 식당 내의 불만 사항에 대해 물어보았다.

"연구소에서 설치한 화덕과 조리용 아궁이는 쓸 만한가?"

"네, 그럼요. 특히나 아궁이는 아주 쓸모가 많습니다."

"다행이군."

조리용 아궁이는 하진이 가스레인지에서 아이디어를 얻어 마정석으로 만든 마법 레인지였다.

이것은 대량의 식사를 만들어내야 하는 식당에선 없어선 안 될 물건이 되었다.

또한 블랙 미스릴 광석을 이용하여 불꽃을 피워 온도를 조절하는 화덕은 빵과 고기를 구울 때 자주 사용하곤 했다.

쿤트는 높은 열을 만들어내기 위해 블랙 미스릴을 사용하였는데, 화덕의 온도는 최소 250도 이상으로 가열되어 사용하기 때문에 블랙 미스릴의 불완전성은 큰 문제가 되지 않았다.

하지만 맛을 추구하는 조리사들에게 그 불완전성은 아주

작은 불만거리가 되었다.

"다만 화덕을 사용할 때 불 조절이 힘들다는 것이 문제인 것 같더군요. 한 번 폭발하면 온도를 내리기 힘드니까 말이죠."

"으음, 그렇긴 하겠군."

"하지만 걱정하실 필요는 없어요. 우리가 그것을 조절하는 방법을 터득했으니까요."

순간, 쿤트의 눈이 동그랗게 홉떠진다.

"뭐, 뭐라고? 뭘 터득했다고?"

"불을 조절하는 방법이요."

그녀는 불 조절이 어떻게 이뤄지는지 설명하였다.

"어느 날 한 조리사가 빵을 구우려 화덕을 열었다가 작은 불이 난 적이 있습니다. 그래서 우리는 우물에서 물을 길어다 뿌렸는데, 오히려 불이 더 커지기만 했지요. 해서 바닷물을 뿌렸습니다. 그랬더니 순식간에 불이 꺼져 버리더군요."

"바닷물을 사용했다……."

"네, 바닷물이요. 그 이후엔 화덕에 소금을 뿌려서 온도를 조절하고 있어요. 소금의 양에 따라서 불이 크고 작게 조절되는 것 같더라고요."

"소금! 소금이 들어가면 불이 조절되더란 말이지?!"

"예, 소금이요."

쿤트는 흥분을 감출 수가 없었다.

“자, 자네 먼저 가게! 난 연구실로 가봐야겠어!”

“소, 소장님!”

그는 짧은 다리를 더없이 빠르게 굴리며 연구실로 들어갔다. 그녀는 고개를 내저었다.

“휴우, 하여간 드워프들의 열정은 아무도 못 말린다니까. 남은 음식을 싸서 가져다 드려야겠네.”

그녀는 도시락을 만들기 위해 식당으로 향했다.

*　　　　*　　　　*

늦은 오후, 쿤트는 퀭하게 들어간 눈으로 연구를 마무리하였다.

짝짝짝!

“좋아, 다 됐다!”

그녀의 말대로 블랙 미스릴에 소금을 넣어 불길이 사그라지는 것을 확인한 쿤트는 일정한 양의 소금을 넣으면 블랙 미스릴이 안정화되는지 알아보았다.

하지만 소금은 불길을 잡아주는 역할만 하기 때문에 화약에 넣는 것은 그리 적합한 일이 아니었다.

그는 바닷물로 어떻게 블랙 미스릴을 다스릴 수 있는지 연구해 보다가 그것을 염화시키면 어떨까 하는 생각을 해보았다.

쿤트는 블랙 미스릴을 바닷물에 담갔다가 그것을 바짝 말려 갈아냈는데, 이것을 화약과 섞으니 아주 안정적인 온도에서 반응하며 탄매 역시 발생하지 않았다.

다만 담그는 시간에 따라서 폭발력이 너무 감쇠되는 탓에 농도를 맞추는 것이 최대의 관건이었다.

쿤트는 무려 보름 동안 잠도 자지 않고 블랙 미스릴의 염화를 연구하여 마침내 가장 폭발력이 좋으며 총신의 열에도 폭발하지 않는 안정적인 화약을 만들어내었다.

그는 D-1 소총에 신개발 화약을 충진시킨 탄약을 장전하였다.

철컥!

D-1 소총은 지구의 K-2 소총과 비슷하게 생겼는데, 총기 상부에 망원경으로 만든 조준경이 달려 있다는 것이 가장 큰 차이점이었다.

쿤트는 앞에 있는 과녁에 D-1 소총의 총탄을 쏘았다.

타앙!

그러자 아주 안정적으로 날아간 총탄이 정확하게 과녁의 중앙에 날아가 꽂혔다.

"명중이다! 하하, 하하하!"

그는 단발과 연발로도 사격하여 그 안전성을 확인해 보았다.

두두두두두두두!

30발이 들어가는 탄창을 모두 비워낸 후에도 무려 20개의 탄창을 추가로 갈아 끼워 사격해도 전혀 무리가 없었다.

D—1의 총신은 강철과 미스릴 합금으로 만들어졌는데, 마정석에서 뿜어져 나오는 냉각 효과를 가장 잘 받게 하는 구조였다.

처음 블랙 미스릴의 불안정성을 잡기 위해 고안해 낸 안정기가 이제는 총기 내부의 온도를 잡아주는 역할을 하게 된 것이다.

쿤트는 자신의 실패가 총을 더욱 견고하게 만들었다는 데 자부심을 느꼈다.

"좋아, 이제 이대로 총기를 보급해도 문제가 없겠어!"

그는 하진이 자신에게 준 설계도면을 바라보았다.

하진이 건네준 설계도면에는 기관총, 기관단총, 저격총, 박격포, 야포의 단면이 나와 있었다.

아주 정교하다고는 할 수 없지만 야전에서 2년 동안 병참관리를 맡았던 하진은 웬만한 총기의 구조를 전부 다 이해하고 있었다.

그동안은 화약을 안정적으로 다루는 것 자체가 불가능했기 때문에 현대식 무기를 개발할 수가 없었다.

하지만 쿤트의 계속되는 실패와 마침내 이뤄낸 유종의 미로 인해 이 모든 기술을 완성시킬 수 있게 된 것이다.

드워프가 가진 기술력의 발달 속도는 인간에 비해 무려

5~6배는 뛰어나기 때문에 도면만 가지고 있어도 어떤 것이 문제인지 금방 잡아낼 수 있었다.

쿤트는 이제 D-1 소총을 전군에 보급하고 이것을 개량하여 완벽한 군대를 만들어낼 청사진을 그릴 수 있게 되었다.

"…드디어 불패의 군대가 만들어지는 것인가?!"

그는 피로 회복의 비약을 먹어 몸을 회복한 후 마을 회관으로 향했다.

*　　*　　*

군부의 수장들은 D-1소총이 가지고 있는 엄청난 위력에 그저 입을 쩍 벌릴 뿐이었다.

두두두두두두두!

"분당 65발의 발사 속도를 가지고 있으며, 현재 사살 유효 반경은 대략 600미터입니다."

"대단하군요. 화약의 개선으로 이 정도의 물건이 만들어지다니 말입니다."

"모든 것이 사령관님 덕분입니다. 그분이 설계도를 만들어 주시지 않았다면 절대 불가능했을 일이지요."

"으음……."

"이제 이것을 사병들에게 보급하고 전투 자체를 검에서 총으로 바꾸는 것을 건의합니다."

"사령관께서 말씀하신 화력을 앞세운 전투를 실행하자는 말입니까?"

"우리 군대의 지향점이라고 사령관님께서 말씀하셨지요."

현재 드래곤 연합군의 병력은 불과 3만에 불과하지만 총기와 야포가 보급된다면 30만, 아니, 300만의 병력과 싸워도 아무런 피해 없이 이길 수 있을 것이다.

우선 화살과는 비교도 할 수 없는 사정거리와 우월한 발사속도, 살상력은 일반적인 군대의 족히 100배의 위력을 가지고 있다고 볼 수 있다.

여기에 블랙 미스릴 화약을 개량하여 만든 야포까지 전선에 배치된다면 성벽을 허무는 일쯤은 식은 죽 먹기가 될 터였다.

더군다나 지금의 기사단은 전부 마력을 컨트롤할 수 있는 능력을 갖추었기 때문에 총기를 지급 받으면 그에 맞는 마법까지 사용할 수 있다.

한마디로 총기의 보급은 드래곤 연합의 군대를 업그레이드시킬 수 있는 수단인 것이다.

테르니온은 임시 사령관으로서 총기를 보급하고 기존의 화포들을 전부 야포로 교체할 수 있도록 승인을 내렸다.

"좋소, 연구소장님의 말씀에 따라서 전군에 총기를 보급합시다. 3만 정을 생산하는 데 얼마나 걸리겠소?"

"드워프족 인력 3만 명이 투입된다면 일주일이면 가능합니다."

"속전속결이군."

"어려서부터 개인의 장비와 무기들을 알아서 제작하는 드워프들입니다. 정해진 매뉴얼만 있으면 총기를 만드는 것은 일도 아니지요. 또한 탄알 역시 대량생산이 가능한 라인이 갖춰졌으니 인력만 충분하다면 군대가 풍족하게 사용할 양을 확보할 수 있을 겁니다."

"그렇다면 야포의 준비는 얼마나 걸리겠소?"

"현재의 화약만으로 야포의 탄환을 만들기는 불가능합니다. 하지만 마법으로 만들어진 충진물이 들어간다면 얘기는 달라지겠지요. 한 달만 주십시오."

"으음, 알겠소. 한 달 후에 군대를 서쪽으로 진군시키도록 하겠소."

"그리하시지요."

하진이 고안한 박격포와 야포는 2차 세계대전에 사용되던 물건에 약간 못 미치는 성능이지만 현재 화포가 가지고 있는 위력을 몇 십 배나 상회하게 될 것이다.

이제 드래곤 연합군은 서서히 무적의 군대로 거듭나고 있었다.

아펠트 군도 북부에 위치한 선박 기술 연구소에선 철갑선을 만드는 작업이 한창이었다.

바람이 없이도 항해가 가능한 시스템은 드래곤 연합의 가장 큰 강점이었지만 그것은 어디까지나 영혼석 때문에 가능한 것이다.

하진은 영혼석 없이도 항해가 가능하고 마정석으로 만든 동력기로 현재의 속도를 두세 배 뛰어넘는 배를 발명해 냈다.

비록 해군에 소속된 적은 없지만 배를 움직일 수 있는 동력 장치를 고안해 낼 수 있는 지식을 가진 하진은 마정석 엔진의 도면을 완성했다.

군수 사령부에서 어깨너머로 배운 차량 엔진의 구조를 착안하여 스크류 동력기의 기틀을 잡아낸 것이다.

선박 기술 연구소의 장인들은 배수량 550톤급의 배를 철로 만드는 작업이 한창인데, 돛이 달려 있던 자리에 화포를 장착시킨다는 것이 가장 큰 특징이었다.

지금은 화포가 이곳에 자리 잡고 있지만 함포가 개발되면 이곳에 대형 함포가 설치될 것이다.

대형 함포를 장착하게 될 배는 지금보다 대략 10～20배 큰 전함이 될 것이고, 그것은 현재의 선박이 완성된 이후에 개량될 전망이다.

선박 기술 연구원의 기술장 맥스는 배를 만드는 마지막 작업으로 동력기를 부착하고 하진이 개발한 엔진을 연결시켰다.

위이이이이잉!

엔진의 동력기 전원은 전기 마법이 걸려 있는 스위치를 누르는 것으로 전달되는데, 이 전원이 켜지게 되면 본격적으로 마정석이 엔진 전체에 마력을 전달하여 동력기가 돌아가게 된다.

선박의 동력기는 마정석이 내뿜는 마력이 중앙 동력 장치의 바퀴를 회전시키고 그 위에 미스릴과 섞어서 만든 벨트를 장착시켜 다시 작은 바퀴와 연결시켜 연계하는 방식이다.

이것은 자동차 엔진의 동력 장치와 비슷하지만 연료를 연소시킬 필요가 없어서 소음이 발생하지 않는다.

때문에 최대 60노트의 속도를 낼 수 있으면서도 배가 움직이는 데 전혀 소음이 발생하지 않는다.

쐐애애애애애앵!

선박에 장착된 동력 장치는 총 네 개로, 이것이 배를 밀어내며 엄청난 힘을 자랑하게 된다.

맥스는 아주 매끄럽게 움직이는 배를 바라보며 만족스럽게 웃었다.

"됐다! 이제 우리는 철갑선을 손에 넣었어!"

철갑선은 화살은 물론이고 현재 세계의 모든 열강이 사용하고 있는 화포로는 전혀 피해를 줄 수가 없다.

만약 이것을 더욱 크고 강력하게 개량한다면 전함은 영지 하나를 초토화시키는 데 채 하루도 걸리지 않을 것이다.

하진은 550톤 규모의 선박을 생산하여 초대형 전함이 건조

될 때까지 사용하다가 전함이 건조되면 그것을 주로 상륙전에 사용할 생각이다.

지금의 연안 성채들은 백사장을 끼고 있는 경우도 있지만 대부분 바위 지대에 지어져 있어 바다에서 직접적으로 해안포를 발사하도록 되어 있다.

한마디로 수심이 얕은 곳까지 갈 수 있는 배가 있다면 그곳에 직접 사다리를 매달로 성벽을 오를 수도 있다는 말이다.

하진이 계획하고 있는 4만 톤급 전함이 완성되기만 한다면 그것으로 성벽을 무너뜨리고 550톤급 함선이 병력을 이끌고 사다리를 놓는 역할을 하게 될 것이다.

이것은 상륙전의 판도를 완벽하게 뒤집을 수 있는 핵심이며, 앞으로 연합군의 주력 전술이 될 것이다.

맥스는 이제 이것을 사령부에 시연시킨 후 본격적으로 양산할 계획이다.

그 이후 즉시 초대형 전함의 개발에 착수하여 본격적인 해상 병기 제작에 박차를 가할 생각이다.

"이것으로 우리의 아들들이 더 이상 죽거나 다치지 않게 되겠군."

전함의 수주로 인해 생겨날 이점으로는 전투에서 벌어지는 사상자의 억제와 적의 항복 유도이다.

맥스는 자신의 일곱 아들 역시 군인이기에 그들이 죽거나 다치지 않기를 바라는 마음에 선박을 건조하고 있다.

그가 완벽한 기술을 고안해 낼수록 아들들이 생존하게 될 확률은 높아질 것이고, 연합군의 모든 아들들이 건강하게 전역할 것이다.

"임시 사령관님을 모셔오게. 기술을 시연하고 약속한 드워프족 인부 3만 명을 지원받아야 하네."

"예, 기술장님."

그는 흐뭇한 눈으로 첫 번째 전투함인 '프리덤'을 바라보았다.

*　　*　　*

동부 대륙 중부에서 출발한 하진의 여정은 보름 넘게 이어지고 있었다.

달달달달!

조악하나마 마법 동력 자동차를 만들어낸 하진은 마차와는 비교도 할 수 없는 속도로 여행을 이어나가는 중이다.

마법 엔진을 얹은 이 자동차는 지구의 현대식 구조를 착안하여 아주 매끄럽고도 부드러운 차체를 가지고 있었다.

다만 아직까지 차량의 하체를 완벽하게 재연해 낼 수 없어서 승차감은 형편이 없었다.

그러나 말을 타고 달릴 때의 피곤함과는 비교를 할 수 없을 정도로 안정적이었으며 최고 시속이 무려 250㎞까지 나온다는 점이 강점이었다.

엔진의 동력 장치는 마정석이 담당하게 되는데, 이 마정석이 돌리는 중앙 동력 장치의 힘은 무려 650마력이나 되었다.

그나마 하진의 기술력이 부족해서 이 정도 마력만 얻은 것이지, 만약 앞으로 자동차가 10년만 더 개량된다고 해도 1,000마력은 가뿐히 넘을 것이다.

엔진의 출력을 결정하는 모든 요소를 제외하고 오로지 마법으로 움직이는 자동차에 한계란 있을 수 없었던 것이다.

다만 엔진에 첫 동력을 전달하는 것에 소형 전기마정석이 필요한데, 그것을 50번 운행에 한 번씩 갈아주어야 했다. 또한 차량의 냉각장치를 구동시키고 후방의 동력 장치를 돌리는 데 물이 필요하기 때문에 대략 20㎞당 1리터의 물을 넣어주어야 한다.

한마디로 차량을 움직이는 데 물과 마정석은 필수라는 소리다.

운전석에 앉은 하진에게 선미가 웃으며 말했다.

"이렇게 앉으니 예전 생각이 나네요. 당신이 매일 나를 데리러 오던 때가 있었는데 말이죠."

"그랬지."

"그때의 우리에게 차는 두 번째 집이나 마찬가지였잖아요. 차에서 영화도 보고 밥도 먹고."

"언제 작전에 투입되어야 할지 몰랐으니까."

두 사람이 두런두런 얘기를 나누는데 일리나가 끼어들었다.

"차가 집이었다면 거기서 은밀한 욕정도 해결했나요?"

"네, 네?!"

"욕정이요. 차가 집이었다면서요."

하진과 선미는 서로 고개를 돌리고 앉아 침묵을 지켰고, 일리나는 묘한 미소를 지었다.

"으음, 그렇단 말이죠?"

"무, 무슨 생각을 하는 겁니까? 우리는 그저……."

"이 좁은 공간에 남녀가 둘이 함께 앉아서 시간을 보내는데 가만히 짝짜꿍만 했다고요? 말이 되는 소리를 하세요."

"……."

나타샤가 일리나의 얘기에 고개를 가로저었다.

"자네는 다 좋은데 너무 변태적인 성향을 가졌다는 것이 문제야."

"변태적인 성향이 아니라 종족 번식을 위한 지식을 쌓는 겁니다. 우리 종족이 번식하려면 남자들과 교접하는 내용에 대해 아주 자세히 알아야 하거든요. 우리는 그런 지식이 절대적으로 부족합니다."

"하긴 부족에 남자가 없으니 그럴 만도 하군."

일리나와 나타샤는 묘하게 통하는 부분이 많아서 말도 안 되는 의기투합이 되는 경우가 있었다.

하진은 그녀들의 대화가 더 이상 듣기 힘들 지경이다.

'여자들이 나이를 먹으면 남자보다 더하다고 하더니 정말인 모양이군.'

성적인 농담은 남녀 불문하고 자주 하는 것이지만 나이를 먹으면 먹을수록 여자 쪽의 농도가 더 진해지는 경우가 있다.

만약 그런 가운데 남자보다 여자가 더 많다면 남자는 기가 다 빨려서 거의 시체가 될 것이 뻔했다.

하진은 이 여정이 결코 쉽지 않을 것이라고 생각했다.

'그나마 차를 만들어두기를 잘했어. 그렇지 않았다면 지금쯤……'

만약 마차를 타고 여행했다면 어찌 되었을지 생각만 해도 끔찍한 하진이다.

* * *

차를 타고 무려 보름이나 달린 하진은 동부 대륙 끝자락에 닿아 있었다.

이곳은 아시스 연합국의 국경 지대이며, 조금만 더 차를 몰고 간다면 신성 제국의 영토가 나올 것이다.

그는 이곳에 흐르는 붉은색 강을 바라보았다.

"강이 붉군요."

"이 근처야. 이 근처에 그가 있어."

레드 드래곤의 레어 근처에는 붉은색 강이 흐르는데, 심지어 비까지 붉은색으로 변하여 내린다.

이곳은 3천 년 전부터 레드 드래곤 아스카유가 살고 있기 때문에 '붉은 강'이라는 별명이 붙어 있었다.

강과 들이 펼쳐진 붉은 강 유역에는 산악 지대는 거의 없고 드넓은 초목 지대와 툰드라지대만 존재했다.

과연 이곳에 드래곤의 레어가 어떻게 존재할 수 있다는 것인지 이해가 되지 않는 하진이다.

"레드 드래곤은 물가에선 살 수 없다고 하지 않았습니까? 그렇다면 강바닥에 둥지를 틀었을 리도 없고, 산은 아예 있지도 않은데 어떻게 레어를 꾸민다는 것이죠?"

"드래곤이 꼭 지상에만 살라는 법은 없지."

순간, 하진의 눈이 번쩍 뜨였다.

"지하?!"

"그래, 레드 드래곤은 보통 지하에서 잠을 자곤 하지."

그녀는 자신의 용언을 최대로 개방하여 지하를 타격하였다.

부웅, 콰앙!

—크아아아아아앙!

지하를 타격한 그녀의 주먹에서 공명이 생겨나 바닥에 고룡의 외침이 울려 퍼졌다.

그러나 아스카유는 아무런 대답이 없었다.

그녀는 다시 한 번 바닥을 내려쳤다.

콰앙!

"……."

"아무런 대답이 없는데요?"

"…세상을 떠난 것인가? 하지만 그렇다고 하기엔 주변에 붉은 기운이 너무나 크게 넘실거리는데?"

하진은 그녀를 대신하여 그를 깨워보기로 했다.

"드래곤 로드의 심장을 가지고 한번 해보겠습니다."

"그래주겠어?"

그는 드래곤 로드의 심장에 잠들어 있는 용언을 최대한으로 개방하여 외쳤다.

후우우우욱!

"아스카유!"

하진의 외침은 용언을 타고 흘러가 대지와 강가를 진동시켰다.

드르르르르륵!

잠시 후, 대지가 진동하면서 멀쩡하던 땅이 갈라져 버렸다.

쿠쿠쿠쿠쿵, 콰앙!

"지, 지진?!"

"됐다! 그가 대답했어!"

땅이 갈라지면서 엄청난 지열이 뿜어져 나왔는데, 그 지열

속에서 한 사내가 모습을 드러냈다.

일렁이는 불꽃을 보는 듯한 사내의 머리카락은 온통 붉게 물들어 있었으며, 눈동자 역시 용암의 핵을 보는 듯이 붉었다.

그가 하진에게 아주 나지막이 물었다.

"그대가 나를 부른 것인가?"

"예, 그렇습니다."

"이것은 분명……."

"로드의 기운입니다. 쿠르드 님께서 저에게 심장을 남기셨지요. 저는 그분의 유지를 잇는 중입니다."

"흐음."

나타샤가 깊은 생각에 잠겨 있는 아스카유에게 말했다.

"이런 늙은 용가리 같으니, 지금까지 지하에서 뭘 한 겁니까?"

"…나타샤?!"

"오랜만이죠?"

"자네 같은 싸가지 바가지 드래곤도 아직 안 죽고 살아 있던 것인가?"

"미안하군요. 싸가지 없는데 살아남아서 말입니다."

"하하, 반갑군!"

아스카유는 일단 자신의 레어로 하진의 일행을 들이기로 한다.

"가세. 내려가서 얘기합세."

"예, 알겠습니다."

그는 네 사람을 지하의 용암지대 인근 레어로 안내하였다.

제2장

레드 드래곤 아스카유

아스카유의 레어 안. 이곳은 모든 것이 용암으로 이뤄졌지만 신기하게도 사람은 불태우지 않았다.

선미가 아스카유에게 레어의 용암에 대해 물었다.

"그런데 이 용암은 다 뭔가요? 보통은 이것에 사람이 녹지 않나요?"

"당연하지. 그렇지만 이것들은 나의 심장에서 뿜어져 나온 용언의 조각으로 만든 것들이야. 실제로 존재하긴 하지만 사람에게 위해를 가하지는 않지. 단, 나에게 위해를 가할 만한 사람이 들어온다면 용암이 그를 공격하게 되지."

"아아, 그러니까 이 용암들은 레어를 지키는 경비병인 셈이군요?"

"으음? 경비병이라… 표현이 그럴듯하군."

"이들이 하는 일이 실제로 그러하니까요."

"역시 아름다운 여자는 표현력도 좋다니까."

"호호, 감사해요."

아스카유는 아주 유쾌한 성격을 가진 드래곤인데, 특히나 선미처럼 흑발의 미녀를 선호하는 경향이 있었다.

나이 차이가 도저히 가늠할 수 없을 정도로 많이 나는 두 사람이지만 아스카유의 호감으로 인해 그 격차가 무너져 내리고 있었다.

하진은 아까부터 다소 불편한 시선으로 아스카유를 바라보고 있었다.

"…두 번째 상자에 대해서 말씀해 주시지요."

"아아, 나를 찾아온 이유가 바로 그것이었던가?"

"몇 가지 이유가 있습니다만, 그것이 가장 크다고 볼 수 있지요."

"그래, 쿠르드의 유언에 따라서 나 역시 드래곤 연합에 가입해야 하니 내가 가진 정보를 풀어놓아도 상관은 없겠지."

아스카유의 가장 큰 장점은 성격이 부드럽고 막힘이 없다는 것인데, 이것은 불의 성질을 가진 그가 인생에 달관을 했기 때문이다.

그는 하진에게 상자에 대해 말해주었다.

"황금 상자는 모두 네 쌍으로 이뤄져 있다. 한 쌍은 이곳을 창조한 조물주가 사용했고 또 한 쌍은 신마 대전에서 승리한 천족이 사용하였지. 그리도 또 한 쌍은 인간에게 불과 마법을 전수하면서 우리가 사용했다. 그리고 남은 한 쌍, 그 한 쌍으로 자네가 지구에서 이곳으로 오게 된 것이지."

"한 쌍이라는 것은 쿠르드 님이 사용한 상자에는 짝이 있었다는 말이군요?"

"황금 상자는 빛과 어둠으로 이뤄져 있다. 빛이 있으면 그에 대한 그림자도 존재하는 법이지."

"흐음……."

"상자의 그림자는 황금 상자가 소멸하게 되어도 계속해서 사라지지 않고 존립하지. 그 이유는 상자가 만들어낸 소원의 세상이 온전하게 존재해야 하기 때문이야."

"만약 지금의 황금 상자가 만들어낸 세상에 그림자가 사라진다면……."

"세상은 무너지고 말겠지."

"그렇다면 저것을 과연 어떻게 해야 합니까?"

"황금 상자의 그림자가 존립하기 위해선 누군가의 희생이 필요해. 고결한 마법을 가진 존재가 상자를 안고 봉인된다면 다시는 그 상자가 이 땅 위에 모습을 드러내지 않게 되지."

"그럼 멀쩡한 누군가가 죽어야 한다는 말 아닙니까?"

"대의를 위해 희생되는 것은 영광스러운 일 아닌가? 나는 자네가 그림자를 가지고 왔을 때부터 이미 죽기를 각오하고 있었어."

순간, 하진을 비롯한 일행은 화들짝 놀랐다.

"지, 지금 뭐라고 하셨습니까?"

"당연한 일을 가지고 호들갑을 떨긴. 쿠르드가 판테리아를 위해 희생하였는데 나라고 희생하지 말라는 법이 있나?"

"그, 그렇지만……."

"난 이미 살 만큼 살았어. 내가 느끼기에 앞으로 대략 100년, 짧으면 10년 내에 죽을 수도 있겠지. 그렇게 허무하게 죽을 바에야 상자와 함께 봉인되는 편이 좋아."

하진은 판테리아를 살리는 일에 그가 희생된다는 것이 못내 아쉬웠다.

"당신이 살아서 판테리아를 조율해 준다면 좋을 텐데요."

"하하, 그것을 위해 쿠르드가 자네를 이곳으로 부른 것 아닌가? 자네는 이 땅 위에 공화정을 세운다고 하지 않았나. 그것이면 충분하네. 만약 인간들이 또다시 욕심에 눈이 멀어 이 땅을 불화에 빠뜨린다면 그건 그냥 인간들의 운명일 뿐이야. 더 이상 우리가 어떻게 해볼 도리가 없는 것이지."

"으음."

낮게 신음하는 하진에게 아스카유가 말했다.

"자네, 다시 지구로 돌아가고 싶나?"

"해야 할 일이 있습니다. 돌아갈 수만 있다면 영혼이라도 팔겠습니다."

"하하, 영혼을 팔 필요는 없어. 자네가 판테리아 전체를 통일시켜 준다면 내 기꺼이 지구로 돌려보내 주지."

"방법이 있습니까?"

"그림자는 황금 상자와 같은 형상을 하고 있어. 색은 달라도 결국엔 같은 성질을 가지고 있는 것이지. 보아하니 그림자의 보석을 누군가 두 개 써먹었더군. 그나마 모두 다 사용하지 않은 것은 천운이라고 할 수 있지. 나는 그 보석 하나를 희생시켜 자네를 지구로 날려 보내줄 생각이네. 그 이후에 나는 판테리아의 지하 용암지대로 들어가 영원히 봉인될 거야."

누군가를 희생시켜야 한다는 것이 못내 마음에 걸리는 하진이지만, 그로선 선택할 수 있는 길이 별로 없었다.

"판테리아는 판테리아대로, 지구는 지구대로 모든 것이 제자리로 돌아가게 되는 거야."

"잘 알겠습니다. 그럼 저는 대륙을 일통하는 데 힘을 쏟도록 하겠습니다."

"나와 나타샤 역시 통일을 돕겠네. 이제부터 우리는 드래곤 일족을 모집하고 다닐 테니 자네는 이 길로 인간의 진영으로 돌아가 전쟁을 준비하게. 우리가 힘이 되어주겠네."

"감사합니다. 드래곤 일족이 돕는다면 일통은 불가능하지 않을 겁니다."

"자네의 가능성을 유감없이 펼치라고."

"잘 알겠습니다."

아스카유가 일리나를 바라보며 말했다.

"자네들은 앞으로 동족의 아들을 낳을 수 있을 걸세. 인간과의 교접으로 태어난 자네들이기에 또다시 인간과 교접한다고 해서 아들이 태어날 리는 없어. 아들의 유전자는 딸보다 약하거든."

"방법을 아십니까?"

"간단하네. 동족과 동침하면 돼."

"아아!"

"내가 동족을 모아올 테니 자네들은 그저 전쟁에만 심혈을 기울이고 있게나."

"감사합니다!"

"감사는 무슨, 같은 민족끼리 씨를 좀 뿌리자는 것인데."

이제 하진의 일행은 다가올 전쟁을 준비하기 위해 우드림으로 향했다.

*　*　*

하진이 대륙의 끝으로 향하고 난 지 한 달째, 아펠트 군도에선 블랙 미스릴 포탄이 완성되었다.

블랙 미스릴 포탄은 기존의 화약을 대폭 개량하여 마법과 함께 쏘아 보낼 수 있는 무기였다.

벌써 두 번의 테스트를 끝낸 야포에 실어서 보낼 경우엔 최장 35㎞의 사정거리를 낼 수 있었다.

드래곤 연합은 3만의 군사에게 D-1소총을 보급할 수 있도록 물량을 확보하는 한편, 특성화 무기들을 대거 개발하였다.

이미 레시피와 세부 재원이 모두 나와 있는 마당에 기관총이나 저격총 등을 만드는 일은 그리 어려운 일이 아니었다.

무기들을 양산할 수 있는 라인을 갖추는 것이 가장 큰 난제이긴 했지만 드워프족 장인 3만 명이 생산에 참여하여 한계를 돌파하였다.

이제 소총 3만 정, 기관단총 2만 정, 저격총 5천 정이 완성되어 전군에 배치되었다. 야포 1천 5백 문이 완성되어 실전 배치될 예정이고, 박격포 2천 문이 추가로 생산되어 보급될 계획이다.

박격포 2천 문을 제작하고 나면 3만의 기술자들은 이제 선박 개발 연구소에 투입되어 3만 톤급 전함 수주에 나설 것이다.

이미 한 달 내내 기술자들이 머리를 쥐어짜 설계도를 완성했기 때문에 족히 한 달 내에 전함 두 척을 건조할 수 있을 것이다.

현재까지 생산된 550톤급 고속정은 총 250척으로, 전부 소구경 함포를 장착할 계획이다.

한편, 니케이츠 왕국과 알렌스 왕국 등지에서 추가로 모집된 군세 2만이 연합군에 합류하여 한 달간 훈련을 받았다.

그로 인하여 이제 연합군은 5만의 군세를 갖추게 되었다.

기존의 2만의 군세는 보병으로 근속하고, 1만 2천의 인원은 해군으로 편제를 나누었으며, 1만 8천의 군사는 포병으로 편재되었다.

한 달 동안 꽤 많은 준비를 갖춘 드래곤 연합은 이제 하진의 전언대로 서쪽으로 군대를 움직였다.

분대 단위로 군을 세분화시키고 군단 단위로 편제를 합쳐 이동하는 것이 이번 진군 전술의 핵심이라 할 수 있었다.

쿵, 쿵, 쿵!

진군의 북이 울리자 신식 무기로 중무장한 드래곤 연합군 수송선이 바다 위로 향했다.

기존의 전함과 보급선을 개조하여 동력 장치를 달아 만든 수송선은 해군의 호위를 받으며 물살을 갈랐다.

테르니온은 사령선에 모인 장수와 기사들에게 앞으로의 계획에 대해 설명했다.

"사령관께서 도착하시는 데 걸리는 시간은 한 달, 그동안 우리는 서쪽으로 진군하면서 군세를 늘린다. 그리고 한 달 뒤 새로 진수되는 전함을 타고 사령관님을 서쪽 끝에서 맞이하게 되는 것이지."

"그렇다면 계속해서 배를 타고 진군합니까?"

“해군 병력은 상륙전과 해상 전투에 최적화된 훈련을 받았으니 연안을 차례대로 수복하면서 육군의 뒤를 지원하게 될 걸세. 보병과 포병은 내륙의 국가들을 병탄하면서 차례대로 수도를 함락시키게.”

“잘 알겠습니다.”

“보병들에겐 드워프 장인들이 개발한 차량이 보급될 테니 군수물자와 전투 장비 등을 굳이 사람이 옮길 필요가 없을 거야. 보병들의 진군 역시 차량으로 대신할 테니 걱정할 필요 없고.”

지상전에서 가장 크게 바뀐 것은 아무래도 총기의 등장이지만, 그와 맞먹는 혁명이 바로 차량의 등장이었다.

마정석으로 만들어진 차량은 야포와 탄약을 옮기고 인원을 목적지까지 실어 나르는 역할을 할 것이다.

4만 병력을 실어 나를 수 있는 대형 트럭이 만들어졌는데, 하진은 덤프트럭과 트레일러 형식의 차량만 설계하여 만들어냈다.

자잘한 차량까지 다 만들어내기 힘들다는 판단에 의하여 이뤄진 계획인데, 트레일러 형식의 차량은 무려 1개 연대의 병력이 탈 수 있도록 만들어졌다.

이동 속도는 시속 30㎞에 불과하지만 걸어서 이동하는 것과는 천지 차이였다.

수송 차량은 적의 화공에도 끄떡없기 때문에 적의 매복을 걱정할 필요가 없다는 것이 가장 큰 장점이었다.

테르니온은 한 달 만에 무려 50개의 성을 점령하고 동부 대륙을 통일하겠다는 포부를 밝혔다.

"한 달이면 많은 시간이다. 그 안에 동부를 접수하고 중부 대륙까지 진출하여 아시스와 신성 제국을 밀어버리는 것이다."

"예, 알겠습니다."

"예전의 우리였다면 절대적으로 불가능했을 것이다. 하지만 이제 우리에겐 그 어떤 것도 무섭지 않은 무기들이 생겼다. 단숨에 밀고 들어가는 거다."

"예!"

테르니온은 전투에 나설 생각에 두근거렸다.

'오랜만이군. 이토록 가슴이 뜨거운 적이 말이야.'

그는 빙그레 미소를 지었다.

*　　　*　　　*

동부 대륙 서부 지대의 첫 관문인 웨일스 왕국 앞으로 2만의 보병과 1만 8천의 포병이 모여들었다.

끼릭, 끼릭!

그들은 아시스 연합국의 병력 2만과 왕국 내 수비 병력 1만이 주둔하고 있는 웨일스 왕국의 앞에 진을 쳤다.

보병 사령관의 제복을 입은 네이튼이 창을 등에 멘 채 성곽 앞으로 나아갔다.

그는 수비 병력의 사령관에게 외쳤다.

"항복하라! 그렇지 않으면 오늘 밤 내로 너희들의 성벽은 허물어질 것이며, 3만의 병력 모두를 참수할 것이다!"

"미친놈이군. 드래곤 연합인지 도마뱀 연합인지 하는 놈들 아닌가? 쯧, 더워서 머리가 어떻게 된 모양이군!"

"하하하하!"

적장의 조롱이 들려왔으나 네이튼은 흔들리지 않았다.

"다시 한 번 말한다! 항복하라! 그리하면 목숨은 건질 수 있을 것이다!"

"흥! 개소리하고 자빠졌군!"

"마지막으로 묻겠다! 항복할 의사가 전혀 없는가?"

"캬악, 퉤! 저리 썩 꺼지지 못할까?!"

네이튼은 고개를 끄덕였다.

"좋아, 항복을 하지 않는다면 자비는 없다!"

그는 다시 드래곤 연합 진영으로 돌아와 포병 부대에게 포격을 요청했다.

"성벽을 날려 버려!"

"그래도 괜찮겠어? 나중에 방어는 어쩌고?"

"어차피 저 성벽은 쓸모가 없다. 다시 지어야 한다면 그냥 날리는 편이 나아."

"하긴 그건 그렇겠군."

포병의 지휘를 맡은 거버가 엠블라에게 말했다.

"포격합시다."

"그래요."

엠블라는 마법사단의 단장으로서 포탄을 제작하고 그것을 인계해 주는 포병의 참모장 역할을 맡았다.

그녀는 마법사단에게 장약을 조절하고 어떤 포탄을 제공할지 결정하였다.

"고폭탄에 헬파이어를 섞어서 날리자고."

"예, 알겠습니다."

"사격 준비가 끝나면 포병 사령관에게 보고할 수 있도록."

"예, 참모장님."

마법사단이 사격 준비를 끝내자 거버에게 승인 권한이 넘어갔다.

"사격 준비가 끝났습니다!"

"좋아, 벌집을 만들어 버리자고."

160㎜ 야포의 가늠자가 적의 성벽을 직접 조준하였다.

끼릭, 끼릭!

"전 포대, 준비 끝났습니다!"

"사격 개시!"

거버의 명령이 떨어지자마자 3천 문에 이르는 야포가 불을 뿜기 시작하였다.

펑펑펑!

10km 밖에서 이뤄지는 야포의 사격은 적들의 눈을 의심하게 만들었다.

쐐에에에에엥!

적의 방어군 사령관은 이 새까만 것들이 과연 어디서 날아오는 것인지 가늠조차 할 수 없었다.

"이게 다 뭐지?"

"…타, 탄환 아닙니까?"

"저렇게 멀리서 탄환이 날아올 수 있단 말인가? 말이 되는 소리를……."

"마, 맞습니다! 터집니다!"

"뭐, 뭐라?!"

헬파이어 마법이 섞인 고폭탄은 성벽에 맞자마자 엄청난 폭발을 일으켰다.

콰콰콰콰!

"끄아아아악!"

"장군, 큰일입니다! 성벽이 부서질 듯이 흔들립니다! 이대로라면 몇 분 못 버팁니다!"

"뭐, 뭐라?!"

500년 전에 지은 조악한 성벽이 야포의 공격에 버틸 수 있을 리가 만무했다.

계속되는 사격에 그는 자신의 선택이 잘못되었다는 것을

깨달았다.

"미, 미치겠군!"

"어떻게 합니까?! 이대로라면 성벽은 무너지고 맙니다!"

"군사들을 후퇴시켜라!"

"예!"

개전 10분 만에 동부 지역 방어선이 무너지고 만 아시스 총독군은 웨일스 왕국의 수도로 급히 피신하는 굴욕을 겪고 말았다.

*　　*　　*

웨일스 왕국의 동부 지역 방어선이 무너지고 난 후 15개의 성을 접수하는 데 걸린 시간은 고작 5일. 하루에 세 개의 성을 함락한 셈이다.

연합군의 보병이 웨일스 왕국의 수도 웨일리스로 진군하고 있을 동안 해군은 레일릭 왕국의 해안을 포격하고 있었다.

펑펑펑!

콰앙!

함포가 날아가 해안 초소를 전부 불태우고 성곽을 날려 버리는 바람에 레일릭 왕국의 해안에는 남아나는 성벽이 없었다.

벌써 나흘째 이어지는 연합군의 포격에 레일릭 왕국군은

아시스 왕국과의 단절을 심각하게 고민하고 있었다.

레일릭 왕국은 아시스 연합국의 식민지로서 총독이 왕정을 통치하는 방식이지만 왕가의 입장 표명이나 국가의 중대사는 왕이 결정하게 된다.

레일릭 왕국의 신하들을 대전에 모은 국왕 우로스 레일릭은 총독군의 눈과 귀를 제외하고 어전회의를 진행하는 중이다.

"전하, 소신 파로스가 간청드립니다! 부디 총독군과 합세하여 드래곤 연합에게 결사 항전의 의지를 보여주십시오!"

"하지만 지금의 정황으론 원군조차 기대할 수가 없다. 망망대해 한복판에서 가공할 만한 화력을 퍼붓고 있는 저들을 도대체 무슨 수로 막는단 말인가?"

"화력은 인력으로 막을 수 있습니다! 또한 저들의 사정거리는 우리의 왕도를 타격할 수 없으니 농성만으로도 충분히 저들을 저지할 수 있습니다!"

"……."

친 아시스파 귀족의 수장인 파로스의 간언에 재상 익센스가 정면으로 반박하였다.

"우리의 밀정이 어선을 타고 관측한 결과, 저들의 대포가 쏘아대는 사정거리는 대략 35㎞ 내외라고 합니다. 만약 우리가 해안선을 잃고 저들이 웨일런 강을 타고 수도 근처까지 진격한다면 대포가 왕성을 때리는 것은 문제도 아닙니다. 그런데도 아직 아시스 연합국만 믿고 기다리잔 말입니까?"

"그럼 어쩌잔 말입니까? 아시스 연합국과 전쟁이라도 벌이잔 말입니까?"

"드래곤 연합에 합류하면 될 일 아닙니까?"

"…사람은 줄을 잘 서야 한다는 것을 모르시는 모양이군요."

"사람은 줄이 아니라 정황을 잘 살펴야 하는 법이지요. 무작정 눈앞의 이득만 좇다간 망국에 이르기 십상입니다."

"망국이라니, 말을 가리시지요!"

우로스는 두 신하의 얘기를 가만히 듣고 있다가 아주 조용히 입을 열었다.

"저들의 전력이 어떻게 된다고 했던가?"

"대포로 무장한 배가 250척입니다. 그 안에 들어 있는 병력의 규모는 알 수가 없으나 한 척에 20명씩만 타고 있어도 5천입니다. 아마도 그보다 훨씬 많은 병력이 타고 있겠지요."

"우리와 총독군의 숫자는?"

"대략 1만 5천입니다."

"흐음……."

"군사의 수로 본다면 엇비슷해 보입니다만, 저들의 대포를 당해낼 재간이 없습니다. 그리고 가장 중요한 것은 저들의 배는 강철로 만들어져 해안 대포에도 끄떡없다는 점입니다."

순간, 장내가 술렁이기 시작했다.

"지금 뭐라고 했습니까? 강철? 하하, 미쳤군! 어떤 미친놈들이 배를 철갑으로 만든단 말입니까?!"

"내가 미친 것인지 정상인지는 후작께서 직접 가서 확인해 보시지요. 내 말이 맞는지 틀렸는지 말입니다."

"40km 밖에 있는 적이라고 아주 말을 막 하는군. 이보십시오. 저들이 철갑으로 배를 만들었다면 보병들이 들고 다니는 무기는 마법을 막 뿌리는 막대기란 말입니까? 하하, 아주 혼자서 만담을 하는군!"

드래곤 연합에 대한 갑론을박이 계속되는 가운데 왕성으로 전령이 도착했다.

콰앙!

"전하! 급보입니다!"

"무슨 일인가?"

"적의 병력 5천이 지상으로 상륙하여 해안가의 성채 열 곳을 모두 점령했다고 합니다!"

"뭐라?!"

"이제 곧 다시 배를 타고 웨일슨 강을 거슬러 오를 것으로 보입니다!"

"허어!"

불과 나흘 만에 왕도로 향하는 길목이 뚫렸고, 드래곤 연합은 해안가를 장악해 버렸다.

이제 이들에게 남은 선택지는 단 하나뿐이었다.

"백기를 내걸게."

"저, 전하!"

"만약 나라의 명운을 어느 한쪽에 걸어야 한다면 신무기를 갖춘 신식 군대에 걸어야 하지 않겠나?"

"하지만 총독군은 절대로 우리를 가만히 내버려 두지 않을 것입니다! 우리는 총독군을 절대로 이길 수 없습니다!"

"이길 수 있는지 없는지는 두고 봐야 알 일이지."

우르스는 용포를 손으로 찢어 직접 친서를 작성하였다.

좌라라락!

아주 급박하고도 절실하게 써 내려간 그는 친서의 끝에 레일릭 왕가의 인장을 찍어 마무리하였다.

쾅!

그는 전령에게 친서를 건넸다.

"이것을 가지고 드래곤 연합을 찾아가라. 시간이 없다. 네가 얼마나 빨리 달리느냐에 따라서 나라의 명운이 결정되느니라."

"예, 전하!"

우르스의 친서를 받은 전령이 달려나간 후 그는 신하들에게 백성들을 왕성 안으로 피신시키고 내성에서의 농성전을 준비할 것을 명령하였다.

"지금부터 우리는 저들이 우리의 성문을 뚫고 들어올 때까지 굳게 문을 걸어 잠그고 버틴다. 병사들이 다소 피를 흘리더라도 백성들의 구원을 가장 최우선으로 하라."

"예, 전하!"

무려 300년간 지속된 억압과 지배 속에 짓눌려 있던 독립 의지가 이제 막 피어나려 하는 참이다.

*　　*　　*

철갑선을 타고 웨일슨 강을 거슬러 오르던 드래곤 연합군에게 우르스의 전령이 도착했다.

그는 현재 해군의 총지휘를 맡고 있는 임시 사령관 테르니온에게 부복했다.

척!

"장군, 국왕 전하께서 보내신 서신입니다!"

"서신이라… 언제 보내셨소?"

"대략 두 시간쯤 되었을 겁니다!"

"말을 타고 이 먼 거리를 두 시간 내에 주파할 수 있단 말이오?"

"죽기 직전까지 달렸습니다!"

"흐음, 그렇구려."

오로지 말 한 필로 100㎞ 넘는 거리를 주파하였다는 것은 거의 말을 죽일 듯이 닦달했다는 뜻이다.

그만큼 이 서신이 급하게 전달되어야 했다는 소리다.

테르니온은 우르스가 보낸 밀서를 펼쳐보았다.

드래곤 연합의 수장에게 보내오.

우리 레일릭 왕국은 그대들에게 항복하고 드래곤 연합에게 가입하기로 결정을 내렸소. 하지만 아시스 연합국의 총독군이 우리를 가만히 내버려 두지 않을 테니 어쩔 수 없이 백성들을 데리고 내성으로 피신하려 하오. 방어 성채와 외성 문은 열어둘 테니 그대들의 병력으로 총독군을 몰아내 주셨으면 하오. 만약 일이 제대로 성사된다면 드래곤 연합군에 우리의 모든 것을 의탁하겠소.

아주 간결하고도 또렷한 필체가 테르니온에게 충분히 강력한 인상을 남겼다.

그는 기사들에게 왕도까지 단숨에 진격할 것을 명령했다.

"해군 7천은 이곳에서 대기하고 해병대 5천을 상륙시켜 성을 함락시킨다. 배를 전속력으로 가동시켜라."

"예, 제독!"

테르니온은 레일릭 왕국의 밀사에게 안내를 부탁했다.

"그대가 길잡이를 해주시오. 우리가 병력을 이끌고 성으로 진격하는 데 그대의 도움이 필요할 것이외다."

"예, 알겠습니다! 미력하나마 도움이 된다면 기꺼이 동행하겠습니다!"

아무리 말을 닦달하여도 말 역시 살아 있는 생명체이기 때문에 일반적인 방법으론 두 시간에 100㎞를 주파할 수 없다.

테르니온은 이 병사가 왕가의 인장을 들고 무려 100㎞나 되는 거리를 두 시간 안에 주파했다는 사실에 그가 이곳의 지리에 상당히 밝다는 것을 간파했다.

"지금부터 약 한 시간 후에 왕도 인근 강변에 배를 댈 것이오. 그때부터 그대가 우리를 안내해 주어야 하오. 할 수 있겠소?"

"예, 물론입니다!"

"좋소, 그렇다면 우리 군대와 함께 행동합시다. 한 시간 정도 쉬었다가 함께 출발하는 것으로 하겠소."

"예!"

테르니온은 속전속결로 승부를 낼 생각이다.

* * *

늦은 오후, 아시스 총독군이 레일릭 왕가의 생사 결단 선언에 잔뜩 흥분하여 군사를 일으켰다.

그들은 방어 성채와 외성 문을 지나 내성으로 꽁꽁 숨어든 레일릭 왕국을 타도하기 위해 병력을 꾸렸다.

총독군은 적들이 빨라야 사나흘 이후에나 도착한다는 생

각으로 내성 문을 공략하는 중이다.

핑핑핑!

"불화살을 계속해서 쏴라!"

"총독! 불화살만으로는 내성을 뚫을 수 없습니다! 투석기를 해체하여 이곳으로 돌려야 합니다!"

"그랬다가 적이 쳐들어오면 어쩔 것이냐?!"

"하지만 이대론 죽도 밥도 안 되는 꼴이 되고 맙니다!"

"뚫어라! 무조건 뚫으란 말이다!"

"예, 알겠습니다!"

성채와 외성에 장착되어 있던 투석기는 성곽에 장착되어 전방 120도만 돌아가게 되어 있기 때문에 내성을 칠 수가 없었다.

지금 그들이 사용할 수 있는 무기는 불화살뿐인데, 워낙 견고하게 만들어진 내성인지라 도무지 뚫릴 생각을 하지 않았다.

"빌어먹을! 놈들이 쥐새끼 하나 남기지 않고 모두 다 데리고 들어가는 바람에 변변한 인질도 없는데……."

"그냥 투석기를 사용하시지요!"

"흐음……!"

이곳에 설치된 트레뷰셋을 떼어내어 공격하는 것만이 최선이라고 판단되는 가운데, 저 멀리서 뭔가 엄청난 굉음이 들려오기 시작했다.

탕탕탕탕!

"뭐, 뭐야?! 마법?!"

"총독, 적군이 쳐들어왔습니다!"

"뭐라?!"

불과 세 시간 만에 왕도까지 진격한 드래곤 연합은 사람이 제대로 보이지도 않는 거리에서 마구 공격을 해대고 있었다.

활과 투석기의 사정거리는 각각 100미터 내외이니 300미터 거리의 적들 근처에는 가보지도 못하고 떨어질 것이다.

총독군은 적군의 사격에 속수무책으로 떨어져 나가고 있었다.

탕탕탕탕!

"크헉!"

"이놈들, 도대체 무슨 무기를 쓰기에 사정거리가 저렇게 긴 거야?!"

"이대로라면 수성은 제대로 펼치지도 못할 듯합니다!"

바로 그때, 총독군을 사면초가로 몰아넣는 일이 벌어졌다.

끼이이이익, 쿠웅!

"어, 어어어?!"

"성문이 열립니다!"

"뭐, 뭐라?!"

"방어 성채와 외성의 성문이 열렸습니다! 이제 곧 적들이 성문을 통과하여 우리를 공격할 것입니다!"

"제기랄! 도대체 뭐가 어떻게 돌아가는 거야?!"

이윽고 총독군은 완벽하게 레일슨 왕국에게 뒤통수를 맞았다.

"와아아아! 레일슨 왕국 만세!"

"저, 저놈들이 기어이 우리를 배신했구나!"

"가운데 끼어버렸습니다! 결단을 내려주시지요!"

총독은 끝내 검을 내려놓았다.

챙그랑!

"항복하라."

"가, 각하!"

"명령이다!"

"예, 각하!"

아시스 연합국은 끝내 백기를 들었고, 전투는 순식간에 정리되었다.

제3장

파죽지세

드래곤 연합군이 동부 대륙의 중부 지역을 모두 정리하고 서부 지역으로 들어서는 데 걸린 시간은 불과 3주일이었다.

3주일 만에 무려 7개 왕국, 50개 성을 함락시키며 파죽지세로 서진한 것이다.

서부 지역의 식민지는 총 7개이며 그중 두 개만이 왕가가 존재하고 있었고 나머지 다섯 개의 식민지는 총독이 왕정을 이끌고 있었다.

풍부한 수산자원과 지하자원을 가지고 있음에도 불구하고 군력이 미약하여 열강들에게 밀려난 식민지들은 이제 슬슬 반정을 획책하고 있었다.

서부 지역으로 진군한 보병과 포병, 해군은 성벽을 집중적으로 타격하면서 자신들이 가진 화력을 마음껏 뽐내었다.

하루에 무려 다섯 시간이나 계속되는 포격을 받은 성곽은 남아나지를 않았고, 주민들은 알아서 항복하며 영지를 떠났다.

상황이 이러하니 아시스 연합국에선 결코 가만히 있을 수가 없었다.

이미 동부 대륙이 함락당한 시점부터 군대를 일으킨 아시스 연합국은 무려 25만에 달하는 대군을 이끌고 서부 지역 국경 지대를 넘었다.

덕분이 식민지의 총독부들은 한껏 힘을 얻게 되었으나, 그것은 또 다른 비극의 시작에 불과했다.

해군을 제외한 드래곤 연합의 지상 병력 3만 8천이 아시스 연합국의 본대에게 도전장을 내밀었다.

아시스 측 사령관은 드래곤 연합이 미쳐서 돌아간다고 생각했다.

“정신머리가 어떻게 된 모양이군. 도대체 무슨 배짱으로 25만의 대군을 상대하겠다는 소리인가?”

“아마 거듭된 승리로 인하여 자신감이 과해진 탓이겠지요. 고작 4만에 이르는 병력으로 25만을 잡겠다니, 미치지 않고서야 불가능한 생각입니다.”

“하하, 하하하! 살다 보니 이렇게 쉽게 승전하는 날이 다 오는 건가?"

아시스 원정군의 수장 페르온은 이번 원정을 통하여 식민지를 다시 통합하고 나머지 세 열강의 식민지까지 흡수하는 임무를 맡았다.

최대한 적은 병력 손실로 5만의 군사를 궤멸시켜야 한다는 생각으로 고민이 컸으나 이제는 그 생각이 바뀌었다.

"적이 주둔하고 있는 지역이 어디라고?"

"에라곤 평야입니다."

"평야?"

"보이는 곳이라곤 들판뿐인 에라곤 평야에서 우리 군을 기다리고 있답니다."

"이거야 원, 미친놈들을 상대하려니 아주 손발이 근질거려서 버틸 수가 없군."

잠시 후, 페르온에게 정찰대장이 보고를 올렸다.

"장군, 우리의 후미로 2만의 군사가 따라붙었습니다."

"뭐라? 후미로?"

"우리의 퇴로가 되는 에밀런 숲에 적이 진을 치고 있는 것 같습니다."

그는 고개를 갸웃거렸다.

"그 적은 군사들을 뒤로 돌렸다? 정신이 정말 어떻게 된 것 아닌가?"

"생각해 보면 저들이 펼치는 전략은 양동작전으로, 지금과 같은 지형에선 가장 적합한 형태의 공격진이라고 할 수 있습니다."

"물론 그렇지. 하지만 그것도 병력의 차이가 엇비슷할 때의 얘기다. 군세가 아예 상대도 할 수 없을 정도로 차이가 나는데 무슨 양동작전인가?"

"뭐, 그건 그렇지요."

페르온은 전군에 속보를 명령했다.

"앞으로 네 시간 후에 적의 앞에 진을 치고 하루 동안 잔치를 벌인다. 그때까지 쉬지 말고 걸어서 이동할 수 있도록 하라."

"예, 장군!"

먼 여정에 다소 지쳐 있던 페르온은 이제 드디어 그 끝이 보인다고 생각했다.

* * *

다음 날, 어젯밤부터 아침까지 거하게 한잔 걸친 병사들은 잠까지 푹 자고 오후에서야 전투를 준비하였다.

든든하게 배도 채웠겠다, 여정을 위로하는 술까지 마셨으니 병사들의 사기는 하늘을 찌를 듯했다.

페르온은 오늘의 대승을 믿어 의심치 않았다. 아니, 진다는 것은 아예 말도 안 된다고 생각했다.

25만 군사와 그 수뇌부, 장수들까지 전부 같은 생각으로 뭉쳐 있으니 이들은 마치 천하무적이 된 것 같았다.

페르온은 저 멀리 나부끼고 있는 적의 깃발을 바라보았다.

"적과의 거리는?"

"대략 5km 남짓입니다."

"거의 코앞에 있다고 해도 과언이 아니군."

"우리 군이 움직이면 저들이 대포를 이용하여 사격할 것이고, 우리 역시 대포와 투석기를 이용하여 반격하면서 느긋하게 전투를 이끌어 나가면 될 것입니다."

그는 고개를 가로저었다.

"우리의 기병을 이용하여 저들을 밀어버린다. 그 후에 보병들로 하여금 확인 사살을 하도록."

"병력의 손실이 있을 겁니다."

"상관없다. 밀어버릴 때 확실히 밀어버려야 다시는 반란의 씨앗이 일어나지 않을 것이다."

그는 과연 어떻게 식민지를 통합해야 하는지 가장 잘 아는 사령관 중의 하나였다.

반란은 힘에 빈틈이 생길 때 일어나는 것이니 그것의 빈틈을 힘으로 억눌러 준다면 충분히 반란을 제압할 수 있을 것이다.

페르온은 사령관으로서 명령하였다.

척!

"기병, 돌격 준비!"

"돌격을 준비하라!"

뿌우!

무려 10만이나 되는 기병이 돌격을 준비하였고, 그 위용은 보는 이를 압도하게 만들었다.

잠시 후, 기병대가 출발하였다.

"돌격!"

"와아아아아아!"

"아시스 연합국 만세!"

총독의 명령에 따라서 돌격한 기병들은 3㎞의 거리를 단숨에 주파한 후 돌격 대형으로 진을 바꾸었다.

"쐐기 진영으로!"

"충!"

10년이 넘게 말과 함께 동고동락한 기병들은 자유자재로 진영을 바꾸고 무쇠처럼 돌진하였다.

쿵쿵쿵쿵!

대지가 진동하고 주변의 초목이 말굽에 짓밟혀 으스러졌다.

기병대장은 선봉에 서서 병사들의 사기를 북돋아주며 대장으로서 할 일을 다 하였다.

"나를 따르라! 연합국 만세!"

"와아아아아아!"

뜨거운 함성이 울려 퍼지는 바로 그때, 전방에서 엄청난 속도로 탄환이 날아왔다.

두두두두두두!

퍽퍽퍽!

"크헉!"

"뭐, 뭐야?!"

전방에서 날아든 탄환은 가공할 만한 위력을 가지고 있었고, 한 발 맞을 때마다 여지없이 전투 불능 상태가 되어버렸다.

2만 명의 병사들이 쏘아대는 탄환에 기병대는 순식간에 절반 이하로 줄어들고 말았다.

두두두두두!

"이, 이런 빌어먹을!"

"후퇴해야 합니다! 이대론 그냥 죽자고 몸을 내어주는 꼴밖에는 안 됩니다!"

"말을 뒤로 물려라! 다시 본진으로 돌아간다!"

"예!"

기병대장의 신호에 따라 다시 후방으로 달려나가던 기병들의 머리 위로 거대한 포탄이 떨어져 내렸다.

슝슝슝!

"어, 어어?"

"이, 이건 또 뭐야?!"

기병들의 머리 위로 쏟아지는 포탄들이 땅으로 떨어지자, 말과 사람이 화마에 휩싸여 속수무책으로 죽어나갔다.

콰앙!

"끄아아아악!"

"사, 사람 살려!"

"헤, 헬파이어! 이것은 헬파이어가 아닌가?!"

"아닙니다! 헬파이어보다 강력합니다!"

"적의 대포에 마법이 걸려 있나 봅니다!"

"뭐라?!"

개전 5분 만에 기병의 절반이 죽어나갔고, 10분이 지난 지금은 병력이 거의 남아 있지 않은 상태였다.

무려 10만의 병사를 무참히 도륙 내는 학살의 현장이 벌어진 것이다.

멀리서 이 광경을 지켜보는 페르온은 충격에 빠졌다.

"이, 이게 어떻게 된 일인가?! 저것들은 다 뭐고?!"

"아무래도 저놈들이 이토록 자신감에 넘치던 이유가 있던 모양입니다!"

"제기랄, 이를 어쩌면 좋단 말인가?!"

"일단 군을 뒤로 물리시지요. 본국으로 돌아가는 길목에 진을 치고 원군을 부르십시오. 그게 상책입니다."

"하지만 우리의 뒤엔……."

30㎞ 밖에서 진을 치고 있던 적군의 진영에서 하나둘 불빛이 떠오르기 시작했다.

펑펑펑!

"자, 장군! 저놈들이 또 뭔가를 쏘기 시작합니다!"

"뭐, 뭐라?!"

"어, 어어어?!"

하늘을 가득 채운 포탄이 페르온의 앞으로 곧장 떨어져 내렸다.

휘융, 콰앙!

"끄허억!"

"자, 장군!"

그는 자신의 팔과 다리가 순식간에 사라졌음에 그저 멍한 표정을 지을 뿐이었다.

"……."

"신관, 신관을 불러와라!"

"끄아아악! 살려줘!"

병사들은 물론이고 신관들까지 난리 법석을 떨며 돌아다니는데, 15만의 병력이 궤멸되는 것은 시간문제로 보였다.

대략 5분 후, 거의 모든 병력이 사라져 갈 때쯤에서야 포격이 멈추었다.

그 짧은 순간에 폭풍처럼 몰아붙인 적들이 서서히 모습을 드러냈다.

부아아아아앙!

페르온은 팔과 다리를 대충 붕대로 지혈한 후 자리에서 일어섰다.

"저, 저건 또 뭐야? 말이 없는데 마차가 움직여?"

"…도무지 정체를 알 수 없는 놈들입니다. 저런 놈들과 전쟁을 벌이려 했다는 것 자체가 무리수입니다."

"……."

잠시 후, 말이 없는 마차에서 검은색 제복을 입은 사내가 내렸다.

그는 어깨에 세 개의 별을 달고 있었는데, 갑옷과는 거리가 먼 검은 군복이 인상적이다.

검은색 제복의 옆구리에는 가죽으로 만든 띠가 둘러져 있었는데, 그 띠와 연결된 조끼에는 여러 개의 주머니가 달려 있어 꽤 많은 물건을 휴대할 수 있어 보였다.

그중에서 그는 옆구리에 매달려 있는 작은 막대기를 꺼내 들었다.

스릉!

막대기는 그의 손에 들려 나오자마자 길이 3미터의 창으로 바뀌었다.

사내는 창끝을 페르온의 목덜미에 가져다 대었다.

"살고 싶은가?"

"……."

"대답하지 않으면 목을 꿰뚫어 버리겠다."

"…협상을 하고 싶다."

"협상이라… 어떤 조건을 내걸겠나?"

"나를 보내준다면 금화 10만 개를 내어놓겠다."

"훗, 그깟 장난감으로 협상이 될 것이라고 생각하나?"

"장난감?"

"우리가 마음만 먹으면 그깟 돈이야 얼마든지 찍어낼 수 있다. 그깟 말도 안 되는 것 말고 다른 것을 제시해라. 이를테면 아시스 연합국의 항복이라든지, 노예의 해방 같은 것 말이다."

페르온은 이 정도 병력이 연합국으로 들이닥친다면 채 한 달을 버티지 못할 것임을 너무나도 잘 알고 있었다.

그는 고개를 푹 숙였다.

"…내가 항복을 종용한다고 해서 연합국 왕실에서 말을 듣겠나?"

"만약 그게 자신이 없다면 죽어라."

"그래, 그럼 죽여라."

사내는 말이 길지 않았다.

"잘 가라. 무인답게 보내주마."

스릉, 퍼억!

단 일격에 머리를 꿰뚫려 1초의 고통도 느끼지 못하고 죽는 것은 어쩌면 행운인지도 몰랐다.

사내는 창을 거두고 남은 수뇌부를 바라보았다.

"자, 이제 누가 목을 내어놓겠나?"

"사, 살려주시오!"

"살려준다면 뭘 내어놓겠나?"

"연합국에 있는 가족과 친척을 모두 데리고 귀순하겠소! 그러니 목숨만은 살려주시오!"

"아니, 그것만으론 부족하다. 이미 너희들은 수많은 죄를 저질렀기 때문이다."

"…그럼 도대체 뭘 어떻게 해야 살려주겠다는 소리요?!"

"조건은 아까와 같다. 참고로 나는 두 번 말하는 것을 싫어하니 알아서 선택하기를 바란다."

이대로 조국으로 돌아가 봐야 죽음밖에 없다는 것을 잘 아는 그들로선 선택의 여지가 없었다.

수뇌부는 모두 다 같이 고개를 숙였다.

"치시오."

"잘 가라."

퍼억!

그는 하나씩 머리를 꿰뚫어 군부의 수뇌부를 처리해 나갔다.

*　　*　　*

진군 한 달 후, 드래곤 연합 본진에서 두 대의 전함이 진수되어 군에 인계되었다.

해군은 동부 대륙 국경 지대에 전함을 배치하여 아시스 연합국으로 가는 바닷길을 장악할 계획이다.

전함의 진수와 함께 영지로 돌아온 하진은 사령관의 자리에 복귀하였다.

그는 자리로 돌아와 지금까지 올린 전과와 군의 세력 확장 현황에 대해 보고를 받았다.

"서부 지역에서 지원한 병력은 총 10만으로, 앞으로 한 달 내로 전 병력을 훈련시켜 실전에 배치시킬 계획입니다. 또한 서부 지역의 모든 국가가 드래곤 연합에 가입하여 공동체를 이루었습니다."

"으음, 전과가 아주 좋은데?"

"모두 테르니온 부사령관님 덕분입니다."

진수된 전함에 병력을 실어 바다로 나간 테르니온은 이제 해상권을 장악하며 아시스 연합 왕국을 압박할 것이다.

하진은 앞으로의 계획에 대해 공표하였다.

"아시스 연합국을 병탄하고 곧바로 신성 제국으로 진격한다. 우선 아시스 연합국의 주변국들을 포섭하고 거부할 시엔 무력으로 진압하여 길을 뚫어 속전속결로 일을 끝내자고."

"예, 알겠습니다."

"우리가 아시스 연합국을 점령하는 목표 시간은 2주일. 그 안에 전쟁을 끝내고 왕가의 목을 벤다."

"워낙 영토가 넓어서 가능할지 모르겠습니다."

"우리의 기동력은 그 모든 영토를 하루 안에 오갈 수 있다. 2주 안에 장악하는 것은 절대로 불가능한 일이 아니다."

"으음, 그렇군요."

"2주 안에 아시스 연합국을 점령하고 나면 한 달 내로 신성 제국의 수도로 진격하여 북부 대륙을 정리한다."

"예, 알겠습니다."

해리슨은 하진이 다녀온 목표에 대해서 물었다.

"그나저나 드래곤은 만나셨습니까?"

"물론이네. 지금 대륙에 남아 있는 모든 드래곤을 규합하기 위해 길을 떠났다네. 아마 두 달 내로 우리 군에 합류하게 되겠지."

"드래곤의 군대라… 상상만으로도 무시무시하군요."

"그들은 우리가 생각하는 것보다 험악하지는 않지만 상상을 뛰어넘는 능력을 가지고 있어. 아마 드래곤이 개입된 전쟁은 한 달 내로 모든 것이 정리될 걸세. 우리는 그 후에 판테리아를 공화정으로 바꾸고 왕정주의를 타파하는 것이지."

"하지만 몇몇 국가들이 아직 왕족의 혈통을 이어나가겠다고 주장하고 있습니다. 그 부분은 어떻게 해결할 생각이십니까?"

"입헌군주제를 도입하고 모든 국가를 드래곤 연방으로 묶으면 되네."

"연방!"

"그래, 연방 국가를 설립하고 그 안에서 민주주의를 실현하는 것이지."

하진은 공산주의가 아닌 진정한 민주주의를 실현하기 위해선 피폐해진 민정을 수습하고 노예들을 구제하는 것이 첫 번째라고 생각했다.

아마도 그 모든 자본은 무너진 열강들의 주머니를 털어내면 충당하고도 남을 것이다.

"일단은 보병들을 진군시키고 해군으로 하여금 압박하면서 진군하세. 연방의 설립은 그 이후에 내가 중앙 회의에서 건의하도록 하지."

"예, 장군."

사령관이 복귀한 군대는 이전보다 훨씬 더 조직적이고 빠르게 움직이기 시작한다.

* * *

중부 대륙 중앙 전선. 이곳은 헤이슨 제국과 아케인 제국의 군사들이 남아 소규모 전투를 벌이고 있었다.

하루가 멀다 하고 뺏고 뺏기는 전투가 벌어지는 가운데 이들을 정리할 세력이 등장하였다.

하진은 자신이 처음 노예로 시작하여 레이드를 이끄는 기사로 올라선 칼리어스를 바라보고 있다.

칼리어스 동부 지대에는 엄청난 크기의 광산지대가 위치해 있는데, 여기에서부터 헤이슨 제국과 아케인 제국의 전투가 벌어지고 있었다.

하진은 동부 지대 첫 관문인 에레스의 주둔 부대인 헤이슨 제국의 제6 군단과의 접촉을 시도하였다.

그의 철칙은 언제나 그렇듯 대화로 풀어나갈 수 있는 점이 있는지 알아보는 것이다.

그러나 역시 헤이슨 제국의 콧대는 생각처럼 빳빳하게 날이 서 있었다.

"조공을 바친다는 것도 아니고 항복을 하라?"

"조공은 신하가 왕에게 바치는 것이오. 내가 그대의 신하는 아니지 않소?"

"약소국이 제국에게 조공을 바치는 것 역시 생존을 위한 전략 중에 하나이다. 네놈은 그런 가벼운 진리조차 꿰뚫지 못한 모양이군."

"후후, 진리라……."

하진은 제6 군단장 칼린에게 말했다.

"우리의 화력이 한 번씩만 포격해도 에레스 지역의 네 개 성곽이 일제히 무너지게 될 것이오."

"후후, 농담도 아주 가지가지 하는군."

"농담인지 아닌지는 두고 보면 알 일이오. 한번 해보시겠소?"

"흥, 좋다! 어디 한번 해보자!"

기사단의 대부분이 중앙 대륙 칼리어스에서 태어났기 때문에 어지간하면 포격전은 벌이지 말아야겠다고 생각하던 하진이다.

하지만 오랜 전쟁으로 인하여 피폐해진 이곳에 시간을 더 준다는 것은 오히려 백성들을 괴롭히는 일이 될 것이다.

그는 성곽 앞에 마련되어 있는 협상 테이블에서 일어섰다.

"각오하시는 것이 좋을 게요."

"네놈들을 노예로 삼아서 내 발을 핥도록 만들 것이다!"

"할 수 있으면 해보시던지."

이윽고 돌아선 하진은 해리슨에게 포격전을 개시할 것을 지시하였다.

"해리슨, 동부 지역의 모든 성곽에 일제히 포격을 퍼붓도록 하라."

"성곽을 하나도 남기지 말라는 말씀이십니까?"

"어차피 백성들은 전쟁에서 꽤나 멀리 떨어진 곡창지대나 광산지대에 있을 것이다. 성벽을 부수는 것이 오히려 그들의 고생을 덜어주는 일이 되겠지."

"예, 알겠습니다."

하진은 보병과 포병 부대가 모두 모인 주둔지로 돌아가 전투에 돌입하기 전 연설을 하기로 했다.

단상이 마련된 주둔지 중앙부에서 하진의 연설이 이어졌다.

그는 고향을 목전에 둔 기사단과 그들을 따르는 병사들에게 말했다.

"우리가 처음 출발했던 고향이다! 모두가 알고 있다시피 우리의 가족들은 죽거나 다쳤다! 성이 불타고 노예로 잡혀간 사람이 수십만이고 빼앗긴 재산은 이루 말할 수도 없을 지경이다! 하지만 고향은 그 모든 것을 뒤로하더라도 찾아야 할 가치가 있는 땅이다! 고향은 자네들이 태어났고 죽을 때에 묻힐 곳이다! 비록 아펠트 군도에 둥지를 틀었지만 더러워진 고향을 청소하는 것은 태어난 곳에 대한 예의이다!"

"진군, 진군합시다!"

"와아아아아아!"

"우리는 저들을 쳐부수고 백성들을 해방시킬 것이다! 형제와 자매가 있는 자들은 특히나 잘 들어라! 우리가 저들을 해방시키지 못하면 평생 가족과 상봉할 수 있는 기회조차 오지 않을 것이다!"

"진군, 진군, 진군!"

기사단과 병사들은 칼리어스를 돌파하는 데 있어 엄청난 사기진작을 보이고 있었다.

이는 어쩌면 자신들의 목숨을 바쳐서라도 가족들을 찾겠다는 불굴의 의지가 만들어낸 작품인지도 모른다.

그는 검을 뽑아 들었다.

챙!

"가자! 놈들을 깨부수고 고향을 되찾는다!"

"와아아아아!"

"포격전을 개시하라!"

하진의 명령에 따라 5만이 군사가 기민하게 움직이기 시작했다.

*　　*　　*

드래곤 연합의 포격이 개시된 직후, 아케인 제국은 한 발자국 물러나 상황을 관망하고 있었다.

그들의 입장에서 본다면 드래곤 연합은 아직 이름도 제대로 날리지 못한 오합지졸이니 이대로 가만히 지켜보다가 헤이슨 제국이 조금이라도 타격을 입으면 전쟁에 나설 생각이다.

하지만 그들의 예상은 완벽하게 빗나가고 말았다.

"장군, 적의 성이 함락되었습니다!"

"뭐라? 함락?! 개전 며칠이나 되었다고 함락이란 말인가?! 그대가 잘못 들은 것이 아닌가?"

"아닙니다! 지금 에레스의 모든 성벽에 드래곤 연합의 깃발이 나부끼고 있다고 합니다!"

"그건 말도 안 되는 일이다! 어찌 고작 5만의 병사로 에레스를 점령할 수 있단 말이냐?! 그것도 불과 하루 만에 말이다!"

"저들이 듣지도 보지도 못한 무기로 성벽을 한 시간 만에 허물어 버렸답니다."

"하, 한 시간?!"

"만약 저들이 시민들을 모두 짓밟고 무작정 진군했다면 두 시간 안에 전 지역이 점령당했을 것입니다. 하루가 걸린 것도 그나마 다행이라고 할 수 있습니다!"

"뭐 이런 말도 안 되는 경우가……!"

"장군, 이제 우리도 슬슬 뭔가를 준비해야 하는 것 아닙니까? 이러다가 우리까지 다 죽겠습니다."

"흐음……."

이 세상에 에레스 지역을 며칠 만에 함락시킬 수 있는 군대는 존재할 수 없다는 것이 정상적인 범주 내의 생각이다.

하지만 상식을 깨는 드래곤 연합의 행보는 모두의 귀를 의심하게 만드는 진실이었다.

"일반 병력을 뒤로 빼시지요."

"만약 그랬다가 그나마 가지고 있던 영토까지 전부 다 빼앗기면 자네가 책임질 텐가?"

"으음."

"소보다 대를 생각하시게. 지금 우리 군대의 피해가 얼마쯤 난다고 해서 옹졸하게 대처하고 있을 때가 아니란 말일세."

"그렇지만……."

"우리는 계속해서 에레스 지역을 공략하고 필요하다면 양동작전을 펼쳐서라도 반드시 저 지역을 탈환해 낸다."

"……."

사령관과 장수들의 생각이 항상 같을 수만은 없겠으나, 적어도 이번 작전만큼은 이해가 전혀 맞지 않는 모양이다.

다소 찜찜한 표정의 장수들이 돌아갈 즈음, 전방에서 엄청난 크기의 굉음이 울려 퍼지기 시작했다.

퍼엉, 콰앙!

"뭐, 뭐지?!"

"천둥 번개라도 치는 건가?"

"이 마른하늘에 무슨 날벼락이 친다고 그러나? 저건 분명……."

잠시 후, 장수들이 기거하고 있던 막사로 포탄이 날아와 터지기 시작했다.

쾅쾅쾅쾅!

"끄아아아악!"

"포격이다! 적의 포격이 시작되었다!"

"이, 이런 미친…! 세상에 이렇게 먼 거리에서 포격할 수 있는 대포가 어디에 있단 말인가?!"

"사령관님, 아무래도 안 되겠습니다! 병력을 최대한 뒤로 빼는 것이 좋겠습니다!"

"…도대체 어디로 빼잔 말인가? 바다 건너 서부 대륙으로 가자는 말인가?!"

"하지만 이대로 있다간 가만히 앉아서 다 죽을 겁니다!"

그는 후퇴 대신 싸움을 선택하였다.

"모두 검을 뽑아 들고 나를 따르라!"

"자, 장군!"

"못 들었나?! 나를 따르라!"

장수들은 하는 수 없이 사령관의 뒤를 따르기 시작했다.

"돌격하라! 전군, 돌격 대형을 갖추어라!"

뿌우!

진군의 나팔이 울려 퍼지자 우왕좌왕하던 병사들은 금세 진열을 가다듬었다.

비록 배럭이 파괴되기는 했어도 그 안에 남아 있는 병사들을 모집하는 것은 불가능하지 않았다.

스릉!

검을 뽑아 든 장수들과 사령관이 말을 타고 돌격하기 시작했다.

"헤이슨 제국에 영광이!"

"와아아아아!"

결코 뒤를 돌아보지 않는 무식한 돌격이지만 막상 전투에서 이들과 맞닥뜨리게 된다면 그 어떤 누구라도 위협을 느낄 수밖에 없을 것이다.

하지만 그것은 어디까지나 일반적인 상식에서의 얘기였다.

두두두두두두!

퍽퍽퍽!

“크허억!”

“전방에서 뭔가 날카로운 물체가 날아옵니다!”

“이런 빌어먹을!”

“검과 방패론 도저히 막을 수 없습니다! 우리의 철갑을 우습게 뚫는 모양입니다!”

“제기랄! 저런 말도 안 되는 무기를 쓸 수가 있는 건가?!”

계속되는 공격에 속수무책으로 당하던 헤이슨 제국군에게 또 한 번의 시련이 닥쳐왔다.

피융!

“어, 어어……?!”

“또, 또 날아옵니다! 포탄이 날아옵니다!”

“젠장!”

이번에는 크기가 좀 작은 것 같기는 하지만 그래도 무시무시한 파괴력을 가진 포탄이 날아와 바닥에서부터 엄청난 화력을 뿜어냈다.

콰콰콰!

"크허억!"

"사령관님, 어서 피하십시오!"

"제길, 제길, 제길!"

사령관의 명예에 먹칠을 할 수는 없는 노릇이기에 그는 도망가지 않고 그대로 돌격하는 쪽을 택하였다.

"이 헥서스, 기사로서 당당히 죽으리라!"

"사령관님!"

타앙!

마구잡이식으로 말을 몰던 헥서스의 머리에 시원한 바람구멍이 생기며 그의 인영이 무너져 내렸다.

털썩!

이제 사령관은 죽었고, 장수들 역시 전의를 상실하게 되었다.

"퇴각, 퇴각하라!"

그나마 남은 병력과 함께 퇴각하는 장수들의 뒤통수에도 바람구멍이 생겼다.

퍼억!

"……."

"멍청한 놈들이군. 이 거리에서 무슨 도망을 치겠다고."

"장군, 다 죽일까요?"

"장수들만 쳐내고 병사들은 항복 의사를 물어서 죽이게."

"예, 알겠습니다."

이대로 꽤나 싱거운 전투가 막을 내렸고, 중앙 대륙은 드래곤 연합의 손에 넘어가게 되었다.

제4장
고향 땅에서

칼리어스 동부 지역을 시작으로 중앙 대륙 전역의 수복은 불과 보름 만에 끝을 맺게 되었다.

드래곤 연합군은 중앙 대륙 시민들의 환대를 받으며 옛 총독부의 건물로 들어섰다.

시민들의 환호성이 꽃가루와 함께 흩날리는 가운데 하진이 가장 먼저 옛 칼리어스 왕성 문을 통과하였다.

"와아아아아아!"

"드래곤 연합 만세!"

"가우스트 장군, 만세! 만세!"

옛 칼리어스의 유민으로 알려진 하진의 유명세는 전쟁을

통하여 삽시간에 대륙 전역으로 퍼져 나갔고, 그에 대한 기대감으로 하진의 인기는 가히 폭발적으로 상승하게 되었다.

기사단은 이곳에 돌아오자마자 자신의 가족들이 살아 있는지부터 수소문하였다.

덕분에 개선 행렬이 흐트러지긴 했지만 하진은 그것을 크게 신경 쓰지 않았다.

가족을 잃은 사람이 어떻게 행동하는지 하진은 이 세상 그 어떤 누구보다 잘 알고 있기 때문이다.

'내 가족은 무사히 잘 있을까?'

눈만 감았다 하면 떠오르는 가족들의 얼굴은 이제 그의 심연 깊숙한 곳에 각인처럼 남아 있었다.

조금 무거운 표정으로 개선 대열에 선 하진에게 반가운 얼굴이 찾아왔다.

"가우스트 장군님!"

"세실리아 왕녀님?!"

"오랜만이죠?"

"이곳까진 어떻게 찾아오신 겁니까? 공국에서 이곳까진 거리가 꽤 될 것입니다만."

"드래곤 연합의 연승 소식에 제가 가만히 있을 수가 있어야지요. 공국에서 연합군에게 도움이 될 만한 것들을 좀 가지고 와봤어요."

그녀는 하진에게 줄 군량과 보급 물자를 잔뜩 챙겨서 이곳

칼리어스까지의 원정을 마다하지 않은 것이다.

아마도 이것은 공국이 드래곤 연합에게 지대한 관심을 가지고 있다는 것을 방증하는 의미일 터였다.

"전하께서도 이 사실을 아십니까?"

"공왕께선 드래곤 연합에 가입하는 것을 아주 긍정적으로 생각하고 계세요. 그리고 이 선물들은 드래곤 연합이 서부 대륙 전역의 물길을 열어준 데에 대한 보답이라고 하셨어요."

"물길을 열었다……."

"그동안 신성 제국과 아시스 연합국 등 대륙의 열강들이 해상 무역권을 손에 틀어쥐고 놓지를 않았으니 우리 공국으로선 참으로 답답한 일이 아닐 수 없었지요. 그나마 우리가 드넓은 곡창지대를 가지고 있지 않았다면 지금쯤 고립되어 굶어죽었을 수도 있어요. 행여나 흉년이 들면 어쩌나 하고 노심초사하고 있던 찰나에 물길이 뚫려서 우리의 근심이 말끔히 사라졌지 뭐예요?"

"하하, 잘되었군요."

"아무튼 승전을 축하드려요. 이제 칼리어스는 자유의 땅이 되어 드래곤 연합에 속하게 되겠군요."

"저희들은 이곳에 공화정을 설치하고 시민들이 스스로 나라를 만들어나가게끔 할 생각입니다. 나라의 기틀이 잡히기 전까진 우리가 정부를 주도하게 될 것이고요."

"공화정이라… 그 언젠가 재상 피로츠가 언급한 내용이기도 하지요. 하지만 모든 학자들은 그것이 꿈이라고 말했어요. 그저 이상으로만 꿈꿀 수 있는 경지라고요."

"그렇지 않습니다. 나라의 기득권층이 정신을 차릴 수만 있다면 그 모든 것은 실현 가능합니다."

그녀는 환하게 미소를 지었다.

"그래요, 가우스트 경이라면 반드시 해낼 수 있을 겁니다."

하진은 아주 환하게 웃고 있는 세실리아를 바라보며 불현듯 좋은 생각이 떠올랐다.

"왕녀님, 혹시 총리 내각제라는 정치 개념에 대해서 알고 계십니까?"

"대통령이요?"

"왕가 대신 대통령이 내각을 꾸려서 정치를 펼치는 겁니다. 조금 더 발전하면 대통령은 대외적인 외교에만 집중하고 총리와 그 내각이 정치와 나라의 살림을 펼쳐 나가는 겁니다. 당파싸움은 대통령의 권한으로서 중재하고 오로지 민생을 위한 정치를 펼칠 수 있는 제도이지요."

"으음, 그대가 말한 입헌군주제와 비슷한 이론이군요."

"만약 짜인 이론대로만 돌아간다면 자유민주주의가 정착되고 나라는 이전보다 훨씬 더 큰 힘을 갖게 될 겁니다. 왕권에 의해 좌지우지되는 것이 아니라 국민들이 자발적으로 권력을 모으게 되는 것이니까요."

"그래요. 듣기론 아주 좋은 이론 같군요."

"좋은 이론이지만 누군가는 이 제도를 정착시킬 수 있도록 주도를 해주어야 합니다. 이를테면 칼리어스 유민들을 규합할 왕가 정도가 되겠지요."

"……?"

"왕녀님께서 전면에 나서서 중앙 대륙 전부를 하나로 통일시키는 공화정치의 1대 대통령이 되어주셨으면 합니다."

"하지만 저는 정치에 대해서 하나도 모르는 걸요."

"모르면 배우면 되고 모자란 부분은 총리 내각제를 도입하여 보충하면 됩니다."

"저는……."

"조상들이 남겨주신 이 땅을 또다시 남에게 빼앗기지 않으려면 국민들이 깨어 있어야 합니다. 그것을 이끌어줄 사람이 필요하다는 것은 당연한 얘기이고요."

"…전 아직 준비가 안 되어 있어요."

"압니다. 이 세상에 완벽한 사람은 없으니까요. 하지만 깊이 생각해 보십시오. 어떤 것이 국민을 위한 일인지 말입니다."

"……."

"생각할 시간을 드리겠습니다. 앞으로 우리 드래곤 연합이 진군하는 동안 나라의 기틀을 닦아야 하니 그전까지만 생각해서 답을 주십시오. 만약 왕녀님께서 하지 않으시겠다면 우리가 공화정을 설치하고 아펠트, 우드림을 통합한 공화정을 함께 펼칠 것입니다. 공화정은 당분간 우리 군정이 운영할 테니 추후에 대표자를 선출할 수 있겠지요."

하진의 제안에 너무나 혼란스러워하는 세실리아에게 하진은 조금은 겸연쩍은 표정으로 말했다.

"제가 너무 뜬금없는 소리를 했지요?"

"아니요. 모든 것이 우리 민족을 위한 일이니 제 입장에선 너무나 고마운 일이지요. 다만 너무 당황스러워서……."

"그 심정, 충분히 이해합니다. 아무쪼록 마음이 가는 대로 올바른 결정을 내리시기를 바랍니다."

"네, 고마워요."

"그럼 함께 왕성으로 들어가시지요. 정비해야 할 것이 많으니 왕녀님께서 도와주시지요."

"그렇게 할게요."

하진은 그녀와 함께 칼리어스 왕성으로 향했다.

* * *

사람이 꽤 오랫동안 살지 않은 칼리어스 왕성은 여전히 수많은 유민의 피로 점철되어 있었다.

칼리어스 왕정이 무너진 후 계속해서 전쟁이 끊이지 않던 이곳은 이제 더 이상 사람이 살 만한 공간이라 부를 수 없게 된 것이다.

하진은 이곳을 깔끔하게 정리한 후 칼리어스 공화정부를

설립할 생각이다.

그는 군사와 주민들을 동원하여 이곳을 정리하고 슬슬 정부를 설립하여 기반을 잡을 생각을 하고 있었다.

우드림을 비롯한 각지에서 모여든 민족 지도자들은 간신히 피비린내가 가신 대전에 모여 공화정에 대한 얘기를 시작하였다.

하진은 연방제의 도입과 더불어 각 지역의 민주주의에 대한 심도 깊은 토의를 해보기로 했다.

"드래곤 연방의 설립으로 중구난방으로 흩어진 집권력을 하나로 모으고 중앙정부를 설립해야 한다고 생각합니다. 여러분의 생각은 어떠하신지요?"

"쿠르드 님이 말씀하신 공화정과 민주주의를 펼치자면 연방의 설립은 아주 좋은 방법 중 하나가 될 겁니다. 하지만 각 지역의 대표들이 각자의 나라를 통치하는 것도 하나의 방법이라고 생각합니다."

"네필리아 님의 말씀이 맞습니다. 하지만 제가 제안한 연방의 구조는 그것과 약간 다릅니다. 각 국가는 자치권과 주권을 갖되 드래곤 연방으로 묶여 연방법의 통제를 받는 것입니다. 각 국가는 자치령에서 군사를 육성하고 법을 제정하여 자체적인 법령으로 나라를 통치합니다. 하지만 드래곤 연방이 이들 국가를 일부 컨트롤하고 연방군을 조직하여 운영하는 것이지요."

"아하, 그러니까 제국에 황제가 있고 그 휘하에 제후가 있듯이 모두가 하나의 연방으로 묶인다는 뜻이군요?"

"비슷합니다. 하지만 연방의 수장은 각 나라의 대표들과 연방의 구성원인 국민이 뽑는 것입니다. 황제처럼 절대적인 권력은 휘두를 수가 없습니다. 연방의 수장은 그저 외교적인 문제나 연방 울타리 내의 문제만 해결할 수 있을 뿐이니까요. 연방군의 수장은 연방군 내의 군부 수장들이 결정하고 연방군 수장은 연방의 명령에 따르게 됩니다. 이것이 제가 생각한 연방의 내부 구조입니다."

"대략적으로 이해가 되는군요. 각 나라의 주권은 그대로 갖추어주되 연방이 그 나라들을 모두 다 아우른다? 그리고 그 군사는 각개의 주권을 갖고 있으되 연방군에 속한다는 뜻이지요?"

"예, 그렇습니다."

"그런 제도라면 충분히 메리트가 있겠군요."

"모두들 어떻게 생각하십니까? 이견이 있으신가요?"

하진의 질문에 각 나라의 수장들은 고개를 가로저었다.

"아닙니다. 저희들도 장군과 같은 생각을 가지고 있습니다. 다만, 국민을 대표할 후보들은 어떻게 결정되는 겁니까?"

"정부의 각 관료와 후보들은 추후에 법안을 따로 제정해서 배포하는 것으로 하시지요. 세부 법안은 전문가들과 함께 논의해야 할 문제니까요."

"그럽시다."

연방제에 대한 윤곽이 잡혔으니 이제 남은 것은 그 위에 살을 붙이고 숨결을 불어넣는 것이다.

하진은 연합군이 아시스 연합국을 치기 전에 군사력을 증강시키고 나라의 기틀을 잡고자 하였다.

그는 이곳에서 약 2개월 동안 군을 주둔시키면서 각 나라의 내각을 수립하고 기초적인 법안을 제정하기로 했다.

또한 연합군을 연방군으로 명명하고 그 병력을 충원하여 다시 서진하기로 결정하였다.

*　　　*　　　*

칼리어스를 포함한 중앙 대륙의 국가 일곱 곳은 주권이 없어졌다가 연방이 형성되면서 그 이름을 되찾았다.

연방군은 이곳에서 병사들의 모집한다는 공고를 냈고, 불과 보름 만에 40만이 넘는 병력이 모여들었다.

레일은 왕국과 그 인근에서 모은 군사가 10만에 연방의 각 나라에서 추가적으로 모집한 군사가 10만이었다.

이로써 드래곤 연방의 군사는 무려 60만에 달하게 되었다.

연방군은 헤이슨 제국과 아케인 제국이 사용하던 군사 시설을 개조하여 그곳에 훈련소를 설치하고 원자재가 풍부한 칼리어스 왕국에 군수 공장단지를 조성하였다.

이제 중앙 대륙의 국민들은 엄청난 양의 광물을 채굴하여 군수품으로 바꾸고 각종 생활품을 만드는 생산업과 광업에 종사할 수 있게 되었다.

그로 인하여 중앙 대륙은 물론이고 연방의 모든 국가가 부강해질 것이며, 1, 2차산업에 종사하는 사람들이 늘어나 재화가 슬슬 폭발적으로 늘어날 전망이다.

연방군을 확대 편성하고 군수공장을 증가시키는 등의 정책을 펼치며 연방을 정비한 하진은 각 나라의 정부 수립과 연방의 공동 법안 제정에 힘을 기울였다.

상아탑에서 파견된 학자들과 각 나라의 법안 전문가들이 머리를 모아 연방의 공동 법안을 제정하고 국회법 등을 재정하였다.

이로써 나라의 기틀이 잡히고 입법부와 행정부가 슬슬 그 형태를 다져갔다.

법안을 제정한 후 하진은 드래곤 연방의 중앙 경찰학교를 설립하고 연방 법원의 구성원들을 천거하는 중앙 사법 학교를 설치하였다.

중앙 사법 학교는 각 지역에서 배포한 법령을 토대로 사법 시험을 치러 합격자를 뽑아 올려 인력을 충원하게 된다.

이로써 최초의 법 전문가들이 탄생하고 사법부의 기틀이 잡히는 셈이다.

중앙 경찰학교 역시 사법권을 행사하고 치안을 유지시킬 경찰 병력을 뽑고 그들을 단단한 조직으로 만드는 시험을 치를 예정이다.

드래곤 연합의 연방 정부의 설립 후 첫 번째 투표가 개시되었다.

각 국가들은 연방에서 제정한 공동 법률에 의거하여 대통령 후보와 국회의원 후보를 선출하였다.

이제 오늘 실시된 투표를 통하여 국민의 대표가 선출되어 중앙정부를 수립하게 될 것이다.

드래곤 연방의 의장은 그 이후에 국민들과 국회의원들의 선거를 통하여 선출할 예정이다.

하진은 투표소를 설치한 후 그곳으로 들어가 투표하는 국민들을 멀리서 지켜보는 중이다.

시민들은 처음 해보는 투표가 상당히 낯설었지만 나름대로의 소신을 가지고 투표에 임하고 있었다.

"투표율은 어느 정도입니까?"

"현재까지 투표한 인원은 총 67%이며 투표용지를 받으러 오는 인원과 잠정적인 투표권 행사 인원까지 합산한다면 100%를 채울 수도 있을 것 같습니다."

"좋아요. 이 정도의 열의라면 민주주의가 아주 강력하게 자리를 잡을 수 있겠군요."

투표는 국민들이 국가를 바로잡는 가장 좋은 방법이면서도 빠른 방법이기도 하다.

하진은 정치에 관심이 없는 국민들이 만드는 나라가 얼마나 한심하고 약해 빠졌는지 너무나도 잘 알고 있었다.

때문에 되도록 국민들이 자발적으로 참여하는 비율을 높이기 위해 무던히도 노력하고 있었던 것이다.

한참이나 투표 현장을 바라보고 있던 하진에게 엘레니아가 찾아왔다.

"장군, 여기 계셨군요."

"여왕님께서 이곳까진 어쩐 일이십니까?"

"투표용지를 전달하러 왔습니다."

"아아, 투표! 하마터면 잊어버릴 뻔했군요."

"깜빡할 것이 따로 있지 투표를 제안한 장본인이 빠지면 어쩌자는 건가요?"

"하하, 미안합니다."

아펠트 군도는 우드림 소속 자치령으로 구분되어 있기 때문에 우드림의 투표에 한 표를 행사하도록 되어 있다.

하진은 아펠트 군도의 소속이니 당연히 우드림의 수장을 선출하는 투표권을 행사할 수 있다.

그는 단일 후보로 나온 엘레니아에게 투표를 해주었다.

"여기 있습니다."

"고맙습니다. 한 표 감사해요."

"아마도 이번 투표가 끝나면 우드림의 대통령이 되시겠군요."

"아직은 모르는 일이죠."

"국민들이 당신을 지지하는 것은 누구나 다 아는 사실입니다. 겸손해하실 필요 없어요."

"으음, 그렇게 말씀하시니 조금 머쓱해지는군요."

"그러라고 한 얘기는 아닙니다. 기분 나빠하실 필요 없어요."

"알겠습니다."

엘레니아는 하진에게 넌지시 연방 의장에 대해 물었다.

"연방 의장의 후보로 장군을 거론하고 있습니다. 알고 계신가요?"

"저는 그냥 연방군의 사령관쯤 될 줄 알았습니다만?"

"아아, 연방군의 사령관도 겸하실 겁니다."

"으음? 그렇게 되면 연방법에 위배되는 것 아닙니까?"

"아실지 모르겠지만 각 나라의 법 전문가들이 연방법을 제정할 때 한 가지 특별한 장치를 해두었습니다. 초대 연방 의장에 한하여 사령관을 겸할 수 있다고 말이죠."

하진은 이 법안이 자신을 연방 의장으로 추대하고 그 인기를 토대로 군을 하나로 응집시키려는 법안 전문가들의 소스라는 것을 알 수 있었다.

'역시 전문가들은 뭔가 다르군.'

연방의 핵심이던 하진이 갑자기 빠지면 연방 자체가 흔들릴 수 있으니 그가 군에서 근속하면서 내실을 다지도록 유도한 것이다.

하진은 역시 전문가들을 섭외하길 잘했다고 생각했다.

"억지를 써서 상아탑을 닦달한 것이 효과가 있긴 있나 봅니다."

"아주 제대로 먹혀들었지요."

그녀는 하진에게 조만간 벌어질 연방 의회 일정에 대해 통지하였다.

"아무튼 연방 회의는 삼 일 후입니다. 투표가 끝나고 대통령이 선출되는 대로 연방 의장을 선출할 겁니다. 준비하시지요."

"뭐, 투표는 끝나봐야 아는 것이지만 우선 준비는 해두겠습니다."

이윽고 그녀는 투표용지를 가지고 돌아섰다.

* * *

나흘 후, 연방 회의가 소집되어 드래곤 연방 소속 수장들이 한자리에 모이게 되었다.

총 25개 국가로 구성된 연방 회의는 각자 한 명씩 후보들을 천거하여 의장 후보로 등록하였다.

임시로 연방 회의 서기를 맡게 된 엘레니아는 만장일치로 하진이 단일 후보로 나서게 되었음을 선포하였다.

"25개 국가의 수장들께서 모두 다 한마음 한뜻으로 가우스트 장군을 단일 후보로 지목하였으니 그에 따라 투표를 하시면 되겠습니다."

"단일 후보라… 아주 좋은 일이군요."

"이제는 찬반 투표만 해주면 될 것이니 각 나라에선 준비해 주십시오."

"예, 알겠습니다."

"이번 의제는 연방 사령관 선출에 관한 것입니다. 각 나라의 군사령관께선 후보를 천거해 주십시오."

25개의 국가는 모두 하진 한 사람을 지목하였다.

"가우스트 장군을 후보로 천거합니다."

"저희들 역시 마찬가지입니다."

"자, 그럼 연방 사령관은 가우스트 장군으로 결정되었군요. 축하드립니다."

짝짝짝짝!

이변이란 있을 수 없었다.

하진은 덤덤한 표정으로 자신이 사령관이 되었다는 사실을 받아들였다.

"소감이라도 한 말씀 하시지요."

"우리는 한시도 지체하지 않고 곧바로 서진할 것입니다. 아시스 연합국을 타도하고 신성 제국을 타파하는 데 조금이라도 주저함이 있어선 안 될 겁니다. 다들 연방군에 힘을 실어주시고 대륙 일통에 모든 신경을 집중시켜 주십시오. 이상입니다."

짝짝짝짝!

60만의 연방군은 자신들이 자원한 본래의 국가로 돌아가 훈련을 받고 보름 후에 소집될 연방군 출정 때 다시 모이기로 했다.

이제 드래곤 연방의 뿌리는 조금씩 단단해져 가고 있었다.

드래곤 연방의 결성 두 달 후, 연방은 각 국가의 정부를 조직하고 사법, 입법, 행정의 삼권분립을 이뤄냈다.

이제 남은 것은 60만의 연방군을 이끌고 서진하여 아시스 왕국과 신성 제국의 숨통을 끊어놓는 일이다.

연방사령관이자 연방 의장인 하진의 권한으로 발동된 연방군 소집령에 각 국가의 수장들이 모두 동의하면서 다시 한 번 연방군이 조직되었다.

보병 30만, 포병 10만, 해군 20만으로 이뤄진 연방군은 개량된 D—1 소총과 D—2 기관단총, D—3 기관총, D—4 저격총, 60M 박격포와 휴대용 세열수류탄으로 무장하였다.

또한 50척의 전함과 400척의 고속정을 해군에 보급하고 4천 명의 인원이 탑승할 수 있는 상륙함 30척을 추가로 건조했으며, 해병대가 탑승하여 기동할 수 있는 소형 상륙정도 대거 건조하여 보급하였다.

이로써 최종적인 현대적 군대의 형태가 완전하게 갖춰진 셈이다.

하진은 칼리어스 남부에서 출정식을 갖고 곧바로 연방군을 이끌고 서진할 참이다.

빠바바바밤!

진군의 나팔이 울리면서 보병을 태운 트레일러와 연해의 연방군 함대가 출발하기 시작했다.

"와아아아아아아!"

"연방군 만세!"

시민들의 환호와 함께 원정길에 오른 병사들의 얼굴에 결연함이 스친다.

*　　　*　　　*

아시스 연합국 서부 국경 지대에 드래곤 연방의 보병들이 몰려들었다.

횡으로 700㎞에 이르는 광활한 서부 국경 지대의 영토는 현재 15만의 군사가 50개의 지역으로 나뉘어 방어하고 있다.

서부 국경 지대가 공격을 당할 시엔 후방의 군사 20만이 일주일 내로 충원되며, 전면전이 벌어질 시엔 중앙의 군부 80만이 한 달 내로 소집되어 각 전선으로 배치된다.

하진은 50개의 지역으로 각각 1만의 군사를 보내놓았고, 중앙군 2만의 병력으로 가장 큰 지역인 아테리나 백작령을 포위하였다.

아테리나 백작령은 5만의 군사로 지역을 방어하고 있었는데, 군사의 숫자는 서부 국경 지대에 가장 많았다.

하나 이제 하진에게 병사의 숫자는 그저 수치에 불과할 뿐, 어차피 허상에 불과했다.

하진은 전령을 파견하여 아테리나 백작에게 항복을 권유하였다.

"항복하라! 순순히 항복한다면 목숨만은 살려주겠다!"

"미쳤군. 어디서 듣도 보도 못한 쓰레기들이 달려와 개소리를 지껄이네. 여봐라, 놈들에게 화살을 퍼부어라!"

"예!"

아직까지 원정군의 패배 소식이 제대로 전달되지 못한 것인지 아테리나 백작은 하진을 괄시하며 그를 도발하기에 바빴다.

하진은 포병 부대에게 신형 곡사포의 화력을 보여줄 수 있도록 지시하였다.

"성벽 너머의 적군을 쓸어버리자."

"예, 장군!"

사거리 45㎞의 최신형 곡사포는 그 파괴력이 증강되고 마력이 한 단계 업그레이드되었다.

하진은 신무기의 성능을 시험할 겸 150문의 포대에 일제히 사격할 것을 명령하였다.

"발사!"

쾅쾅쾅!

드래곤 연방의 곡사포가 성벽을 넘어가자, 아테리나 백작의 표정이 하얗게 질리기 시작했다.

"마, 마법사단?!"

"포탄입니다! 대포의 포탄입니다!"

"뭐, 뭐라?!"

50발의 포탄이 계속해서 떨어져 내리자 적들은 혼비백산하여 도망치기 바빴다.

화르르르륵!

"불을 꺼라! 성벽에 붙은 불을 끄란 말이다!"

"물을 날라! 어서!"

하진은 우왕좌왕하는 모습을 멀리서 지켜보며 흡족한 미소를 지었다.

"으음, 이 정도면 꽤 잘 나왔군."

"계속 사격할까요?"

"백기가 내걸릴 때까지 계속해서 사격하게."

"예, 알겠습니다."

불과 5분 만에 불바다가 되어버린 아테리나 백작령은 성문을 버리고 후방으로 퇴각하기로 결정했다.

아테리나 백작은 백기 대신 도망을 선택한 것이다.

"가자! 후퇴한다!"

"후방으로 도망가면 성문이 뚫려 백성들이 다 죽어나갈 겁니다!"

"그렇다고 군사 요충지를 내어주면 나라가 망한다! 나라가 망하는 것보다는 이곳 백성을 잃는 편이 나아!"

"……."

백성들을 등진 아테리나 백작군이 내성으로 피신하기 시작했다.

"퇴각하라!"

"나, 나리! 우리는 어쩌고 퇴각하십니까?!"

"어쩔 수 없다! 각하의 명령이다!"

"아이고, 살려주십시오!"

"놔라!"

퍼억!

군사들은 자신들을 짐짝 취급하는 백작군 때문에 그저 발만 동동 구르고 있을 뿐이다.

하진은 이미 반쯤 부서진 성문 틈으로 도망치는 백작군과 그들에게 버림받은 백성들의 모습을 지켜보았다.

그는 얼마 못 가서 이 나라가 무너져 내릴 것이라고 확신하였다.

"백성을 버린 나라치고 제대로 된 나라를 못 보았다. 기득권의 권력 유지를 위해 존립하는 나라는 언젠가 반드시 망하게 되어 있다. 우리는 그 시기를 조금 앞당겨 주는 것뿐이다."

"지금 바로 진군할까요?"

"병사들을 성곽에 배치시키고 백성들에게 우리 군의 합류에 대해서 종용해 보게. 백성들이 우리의 편을 들어준다면 군이 싸움을 벌이지 않고도 전투를 끝낼 수 있으니 말이야."

"예, 장군."

평화와 타협으로 이뤄낸 승리는 고군분투 끝에 이룬 승리보다 몇 곱절 값진 법이다.

하진은 그것을 너무나도 잘 알고 있기에 굳이 무력으로 승부를 내지 않으려는 것이다.

병사들을 성곽에 배치시키고 영지 내부로 들어간 하진은 시민들에게 말했다.

"들으시오! 우리 드래곤 연방은 자유민주주의를 수호하기 위해 이 땅에 왔소! 우리 연합에 가입하는 사람들은 차별과 핍박 대신 자유와 평등을 얻게 될 것이오! 아시스 연합국은 그대들을 버렸소! 군대는 무릇 백성들을 지킬 때 그 의미가 있는 것, 그러지 않는다면 화적 떼에 불과합니다! 그러니 자유를 갈망하는 그대들은 나를 따라서 평화의 나날을 보내면 될 것이오!"

"펴, 평화라……."

하진은 병사들에게 군량을 풀어 백성들에게 나누어주라 명령하였다.

"지금 당장 식량을 나누어주고 억압된 노예들을 해방하라!"

"예!"

철창에 갇혀 짐승처럼 살아가던 노예들은 하진에 의해 해방되었고, 먹을 것이 없어서 다 죽어가던 백성들은 구원의 빛을 얻었다.

성안의 백성들은 하진이 내민 구원의 손길을 즉시 잡았다.

"연합군에 합류하겠습니다!"

"아시스를 타도하고 자유를 얻어내자!"

"와아아아아아!"

긍휼은 사람을 모으는 데 가장 좋은 수단이라고 할 수 있다.

하진은 자신을 필두로 모여드는 사람들을 데리고 성의 마지막 보루인 내성으로 향했다.

챙!

"시민들은 들으시오! 우리가 아시스의 개들을 몰아내는 동안 이곳에서 마을을 재건하면서 기다리시오! 마을이 모두 다 재건된 후 저들이 착취한 재산과 곡식을 나누어주겠소!"

"와아아아아아!"

하진은 야포와 수송 트럭을 이끌고 내성의 탈환에 나섰다.

* * *

연방의 조직 후 서쪽으로 진군한 연방군은 아시스 연합국의 서부 지역을 단 일주일 만에 점령하였다.

총 50개의 크고 작은 성이 함락되었으며, 무려 150만이 넘는 노예가 해방되었다.

이곳에서 성곽을 축조하기 위해 동원되었던 노예들은 아시스에 대한 엄청난 반감을 가지고 있었기 때문에 군부가 모집령을 내리자마자 무려 50만이 넘는 병력이 군에 자원하였다.

대부분 젊은이와 여성들로 이뤄져 있던 노예 집단은 자신들의 분노를 복수로 이끌어줄 연합군에 기대를 걸었다.

하나 아시스에 불만을 가진 세력은 비단 노예만 있는 것이 아니었다.

가난한 소작농이나 소매상인 등 영주의 착취를 받으면서 근근이 생활을 유지하던 백성들의 불만 역시 하늘을 찌르고 있었다.

노예들을 제외한 일반 백성 500만 명 중에서 30만이 군에 입대하겠다며 입대 원서를 냈고, 놀랍게도 5만에 달하는 여자들까지 군에 합류하겠다며 나섰다.

남자들은 여자의 입대 지원을 미친 짓이라고 손가락질하였지만 연합군에게 차별이란 있을 수 없었다.

하진은 군에서 여성들이 할 수 있는 일이 많다는 것을 익히 알고 있었기에 그녀들의 입대를 흔쾌히 수락하였다.

군세가 곧 100만에 육박하게 될 연합군에는 일반 사무직을 비롯하여 군수품 관리, 간호, 호송 등에 꽤 많은 인력이 필요하게 될 것이다.

하진은 앞으로 전투 병과를 제외한 모든 병과에 여군들을 배치시키고 그녀들에게 주기적으로 일반 병과 훈련을 시키도록 지시하였다.

그리하여 레일슨 왕국에 중앙 여군 학교가 들어섰고, 오로지 여자들로만 이뤄진 군대가 형성되었다.

"하나에 찌르고 둘에 막고!"

"하나!"

"야압!"

하진의 여군 모집 선언에 의하여 드래곤 연방의 모든 영토에 모집령이 내려졌고, 무려 40만에 이르는 여자들이 군대에 자원하였다.

이것은 남자들의 자존심에도 불을 지피는 계기가 되어 남성들의 자원이 10만 이상 추가되었다.

사람을 모으고 훈련시키는 것이 결코 쉬운 일만은 아니지만 이미 신병들을 동원할 체계가 잡혀 있는 드래곤 연방에겐 불가능한 일이 아니었다.

레일슨 중앙 여군 학교를 비롯한 총 40개의 훈련소로 신병들이 입대하여 40개 대표 훈련소 예하 주특기 세분화 학교 200개가 신병을 받아 후반기 교육을 시행하고 있는 중이다.

하진은 그중에서도 최근에 개교한 레일슨 중앙 여군 학교를 찾았다.

여군의 훈련은 엘프족 여전사들이 맡기로 했기 때문에 학교의 교장 역시 엘프였다.

엘프족 여전사들의 수장인 제니스가 하진을 맞이하였다.

"오셨습니까? 이제 막 전투가 끝나고 정신이 없을 텐데 어려운 발걸음을 하셨군요."

"이런 순간을 위해서 지금까지 악착같이 버티고 또 버틴 겁니다. 당연히 와봐야지요."

땀이 삘삘 나는 서부 대륙 초입의 날씨는 가히 찜통이라 할 만했다. 하지만 그녀들의 열정은 폭염도 꺾지 못하는 듯했다.

하진은 오늘 여성 장교의 선발에 대한 지침서를 전달하기 위해 이곳에 온 것이다.

"여군을 통솔하게 될 장교를 선발해서 교육시키십시오. 여군의 사령관으론 당신을 임명하겠습니다."

"예, 알겠습니다. 열심히 하겠습니다."

"전투 병과는 없지만 그보다 더 중요한 후방 지휘와 보급에 필요한 인력입니다. 전투 병과보다 훨씬 더 전문화된 교육이 필요할 테니 체계를 잘 잡아 나가십시오."

"예, 장군."

안 그래도 후방이 불안하다는 말이 많던 드래곤 연방군이니만큼 여군들의 역할에 큰 기대를 걸어보는 하진이다.

*　　　*　　　*

서부 대륙 중부 지역, 이곳은 광활한 늪지대와 사막으로 되어 있어 과연 사람이 살 수 있을지에 대한 의문이 든다.

아시스가 약탈로 국력을 키워온 것은 그들이 살아가고 있는 이곳 서부 대륙이 워낙 척박하였기 때문이다.

사냥과 채집을 제외한 농경을 이끌어가는 인원은 대부분 화전민이고, 그들 역시 매년 지속되는 가뭄 때문에 하루도 배불리 먹을 수가 없었다.

그나마 북부 지대가 넓은 초원으로 되어 있었지만 그마저도 농사를 짓기엔 그리 적합하지 않은 환경이었다.

때문에 서부 대륙의 전사들은 자신들이 살고자 약탈이라는 궁여지책을 떠올리게 된 것이다.

처음 아시스 연합국이 설립되었을 때, 이들은 불과 3천의 병력으로 중앙 대륙 두 개의 왕국을 점령하였다.

그 이후에 점차 동부 대륙으로 손을 뻗어가면서 북부와 함께 거대한 식민지를 건설하게 된 것이다.

아시스 연합국의 전사들은 원래 죽기를 각오하며 싸우기로 유명하였고, 잔악무도하기론 둘째가라면 서러워하는 사람들이었다.

만약 서부 대륙의 척박한 환경이 조금만 더 비옥했더라면 그들이 지금의 부국강병을 이룬다는 것은 언감생심 꿈도 꿀 수 없었을 것이다.

일이야 어찌 되었던 간에 지금의 아시스 연합국은 하진의 드래곤 연합국의 침공에 맞서 피로써 대응하는 수밖에 없었다.

아시스 연합국은 역사상 첫 침공을 맞아 오히려 그 사기가 극에 달하고 있었다.

전사들의 자존심은 아시스 연합국을 이끌어가는 가장 큰 원동력인 바, 오히려 침공이 자존심을 건드리는 일이 되어버렸다.

서부 대륙 중앙 지역으로 들어가는 관문 미스트레일에 들어선 하진은 저 멀리서부터 들려오는 전사들의 우렁찬 함성소리를 듣고 있다.

"우워어어어어어어!"

"우허! 우허!"

하진은 저들의 함성과 기합 소리가 마치 짐승의 울음소리와 비슷하다고 느꼈다.

그는 자신의 곁에 선 해리슨에게 물었다.

"자네도 나와 비슷한 표정을 짓고 있군."

"저게 과연 사람이 낼 수 있는 소리인지 궁금하군요. 아시스 연합국의 전사들은 늑대의 젖을 먹여서 키워낸다던데 그 말이 아주 거짓은 아닌 모양입니다."

"으음, 개 젖을 먹고 자라서 다들 그렇게 야만적인 것이었군."

"하여간 문명사회와는 약간 거리가 있다고 봅니다. 저들은 근친혼을 기본으로 하고 남자들은 무조건 아무 여자나 막 취할 수 있는 법을 가지고 있다더군요."

"남자들이 아무 여자가 막 취하면 사회가 어지러워서 어떻게 돌아가나?"

"전사들은 많은 여자를 거느립니다. 힘이 모든 것을 지배하는 사회에서 무력은 가히 절대적인 권력인 것이지요. 전사들은 자신의 여자들을 빼앗기지 않기 위해 싸움을 벌이고, 국가에선 그 싸움을 오히려 장려한다고 들었습니다."

하진은 고개를 좌우로 내저었다.

"나로선 이해를 할 수 없는 문화군. 하지만 그 어떤 나라도 고유의 문화는 있을 테니 내가 왈가왈부할 수 있는 문제는 아니지."

"저들 나름대로는 인구 증가를 위한 비책일 테니 스스로는 만족하고 있을지도 모르지요."

잠시 후, 하진은 성벽에서 돌아온 첨병을 맞았다.

척!

"사령관님, 정찰을 끝내고 돌아왔습니다!"

"적의 군세는 얼마나 되는 것 같던가?"

"대략 10~15만쯤 되는 것 같습니다. 그중에 5만은 전사이고 나머지는 노예입니다."

"노예가 대부분이고 전사들은 그 위에 군림하면서 소모전을 펼칠 생각인 모양이군."

"아시스 연합국이 방어전을 펼친 것이 그렇게 많지는 않지만 식민지의 총독군과는 많이 다른 양상을 보인다고 하더군요. 총독군으로 편성되어 파견된 사람들은 서출이거나 노예 계급에 있다가 간신히 그 낙인을 떼어낸 사람들이랍니다. 전사들은 자국의 영토에서 머물다가 주로 침공에만 동원된다고 합니다."

"그럼 지금까지 우리는 사회의 낙오자들을 상대하면서 이곳까지 온 것인가?"

"그렇다고 볼 수 있지요. 아무튼 전사들은 병사를 지휘하면서 싸우기보다는 노예를 방패막이로 내어놓았다가 적의 힘이 빠지면 그때 전사들이 마무리를 하는 방식으로 전투를 치릅니다."

"전사들은 살아남고 노예들은 다 죽을 테지만 전사들이 대부분 다치지 않아 전력 구성이 쉬워지겠군."

"저들이 지금까지 저렇게 엄청난 식민지를 지배할 수 있던 것도 모두 저 전사 집단 덕분입니다. 만약 노예를 앞세운 전략을 사용하지 않았다면 지금까지 올 수도 없었겠지요."

"흐음, 생각보다 더 흥미로운 놈들이군."

하진은 저들의 전투 방식에 흥미를 갖기는 했지만 결코 전사들을 살려둘 생각은 없었다.

"노예를 전부 사살하는 것보다는 성벽을 허물어 전사들을 후퇴시키고 노예들만 흡수하는 편이 빠르겠군."

"제 생각도 그렇습니다."

"좋아, 전 포병들에게 전하라. 성채를 초토화시키고 도주하는 전사들에게 본때를 보여준다."

"예, 사령관님!"

무려 10만에 달하는 포병이 포격을 위한 준비에 들어갔다.

잠시 후, 하진에게 준비 완료가 보고되었다.

"사령관님, 포격 준비가 모두 끝났습니다. 명령을 내려주시지요."

"좋아, 쉬지 않고 사격한다."

"예!"

"전 포대, 사격 개시!"

10만의 포병이 내뿜는 화력은 아시스 연합국의 단단한 성채를 단 15분 만에 산산조각 내버렸다.

쿵쿵! 콰앙!

15㎞ 밖에서 쏟아진 포격에 성벽이 무너지자, 미리 대기하고 있던 노예 병사들이 우르르 쏟아져 나왔다.

"와아아아아아!"

"돌격하라! 후퇴하는 놈들은 모두 벨 것이다!"

조악한 무기에 변변한 방어구 하나 없이 돌격하는 노예 병사들의 얼굴에는 공포감과 좌절만이 가득했다.

아마도 그들은 이번 전쟁에서 살아남기는 힘들 것이라고 생각하는 모양이다.

하진은 계속해서 포격하여 5만의 전사들에게 막대한 피해를 안겨주었다.

펑펑펑!

콰앙!

"끄허어억!"

"우워워워! 우리는 전사다! 전사는 물러서지 않는다!"

포격을 맞고도 물러서지 않는 전사들의 용기는 가상했으나 그 패기만큼 전쟁이 녹록지는 않았다.

한 평의 땅에 떨어지는 포탄이 1초당 50발이니 아시스 연합국의 전사들이 선 땅은 그야말로 불바다가 되었다고 해도 과언이 아니었다.

하진은 그 광경을 바라보며 경악을 금치 못했다.

"무식해도 정도가 있지, 어떻게 저렇게 멍청할 수가 있단 말인가? 불바다가 된 것을 뻔히 보고도 후퇴하지 않다니… 이래서야 무슨 전투인가? 이건 그냥 학살일 뿐이다."

"학살은 학살이지요. 하지만 저들이 죽지 않으면 더 많은 사상자가 생겨날 것입니다."

하진은 불과 25분 만에 흔적도 없이 사라진 전사 집단의 주둔지를 바라보았다.

피가 낭자하고 불길이 일렁이는 그곳에는 오로지 죽음만이 가득했다.

"망자의 땅이 되어버렸군."

"이제 저들은 신경 쓰지 마시고 오로지 노예들을 회유하는 데 전력을 다하시지요."

"그래, 그러자고."

학살한 인원이 무려 5만 명이지만 그들은 그들의 운명을 따라서 걸어간 것이다. 이제 와서 하진이 후회한다고 달라질 것은 없었다.

그는 사자후를 터뜨려 노예들의 진군을 멈추게 했다.

"멈추시오!"

하진의 사자후가 폭발하여 노예들의 귓전을 때리자 그들은 화들짝 놀라며 걸음을 멈추었다.

이윽고 하진은 그들에게 지금의 상황을 설명하였다.

"그대들을 억압하던 전사들은 모두 저세상으로 떠났소! 뒤를 돌아보시오! 그들의 시신이 보일 것이오!"

"…허, 허어! 시신들이 산더미처럼 쌓여 있다!"

노예 병사들은 모두 일제히 검을 내려놓았다.

쨍그랑!

"도, 도망치자!"

"와아아아아아아!"

그들은 하진의 회유책을 듣기도 전에 모두 병장기를 버리고 도망갔기 때문에 사실상 정규군 편성은 힘들 것으로 보였다.

하지만 10만의 노예를 해방시키고 서부 대륙 동부 지역을 접수한 것만으로도 큰 성과라 할 수 있었다.

하진은 이제 군대를 움직여 초토화된 땅을 정비하고 새로운 진격로를 마련하기로 했다.

"가자! 도시를 점령한다."

"와아아아아!"

승리의 함성이 오늘도 드래곤 연방군의 진격로에 가득했다.

* * *

뱃길로 무려 한 달이나 걸리는 아케인 제국과 헤이슨 제국과의 거리는 전쟁을 치르는 자체에만 해도 엄청난 돈이 들어갔다.

특히나 병사들이 먹고 마실 군량을 확보하는 일은 그리 쉬운 일이 아니었으며, 제 아무리 재정이 풍족한 아케인 제국이라도 100만의 군사를 먹일 식량은 결코 적지 않았다.

그런 아케인 제국의 앞길을 가로막는 일이 벌어지고 말았으니, 그것은 바로 군량 보급선의 피탈이었다.

100만의 군사를 배불리 먹일 군량 보습선이 한 달 사이에 무려 150척이나 파탈당하여 적의 수중으로 넘어가고 말았다.

아케인 제국은 이에 대한 대응책으로 그다음 수를 생각하지 않으면 안 될 상황에 놓였다.

신하들은 칼번에게 배를 돌려 다시 전열을 가다듬자고 제안했으나 그는 요지부동이었다.

그는 병사들이 먹지 못한다면 자신도 먹지 않고 꼬박 일주일을 굶었다.

그 결과 병사들은 물론이고 장수들까지 제정신이 아닌 상태로 헤이슨 제국 제1의 제후국 에란스 왕국에 당도하였다.

에란스 왕국은 거대한 네 개의 섬으로 이뤄진 나라인데, 어획량이 풍부하고 곡창지대가 많아서 재정이 꽤나 부유하였다. 하지만 섬나라의 특성상 문명의 발달이 워낙 느려서 헤이슨 제국의 식민지로 전락하고 말았다.

칼번은 에란스 왕국을 강습하여 그들의 모든 것을 빼앗겠노라 다짐했다.

에란스 왕국의 북부 지역 첫 번째 관문인 노리돈 성곽 앞에 선 칼번은 병사들에게 짧은 연설을 시작하였다.

그는 수척한 얼굴로 단상 위에 올라 병사들의 사기를 북돋았다.

"우리는 꽤 오래 굶었다! 풍족하지 못한 식량으로 결국엔 바다에서 일주일 넘게 굶고 이제야 이곳에 도착했다! 모두들 주린 배 때문에 제정신이 아니라 들었다! 맞나?"

"……."

"그래, 짐도 제정신이 아니다! 하지만 우리는 이 나간 정신을 다시 부여잡을 기회를 얻었다! 저 성곽 너머 드넓게 펼쳐진 곡창지대를 보라! 저들은 풍요로운 재정과 식량을 가지고 있다! 우리가 성곽을 뚫어내기만 한다면 저것들은 모두 우리의 것이 될 것이다!"

"……!"

"마음껏 약탈하고 불태워라! 그대들이 갖고자 하는 것은 모두 줄 것이며, 돈과 여자들은 전리품으로 삼을 것이다! 먹어라! 배고픈 자들이여, 먹어라! 먹고 싶은 것은 먹고 취하고 싶은 것은 취하라! 그게 우리 아케인 제국의 정의이다!"

"와아아아아아아!"

고된 뱃길에 배까지 곯고 나니 병사들의 사기는 거의 바닥까지 떨어져 있었다.

칼번은 병사들의 선봉에 섰다.

챙!

"짐이 선봉에 선다! 짐을 따라서 가장 먼저 영주성을 칠 자 누구인가?! 영주성의 아름다운 미녀들을 가장 많이 차지할 자 누구인가?!"

"우워어어어어어!"

"우리는 승리한다! 아케인 제국에 영광이!"

"와아아아아아!"

병사들은 물론이고 장수들까지 선봉을 빼앗길까 두려워 미친 듯이 전진하기 시작했다.

둥, 둥, 둥!

무려 100만에 이르는 병사들이 우르르 몰려들자, 전방에선 이때다 싶어 불화살과 투석기를 발사하였다.

핑핑핑!

슈우웅!

칼번은 달리던 말에서 뛰어내리면서 검을 휘둘렀다.

"허업!"

쾅!

그의 검이 뿜어낸 오라가 투석기 파편과 화살을 모두 불태워 버렸고, 그 뒤를 따르던 기사들이 남은 잔재를 말끔히 치워냈다.

덕분에 돌격에 걸림돌이 없어진 아케인 제국의 병사들은 앞뒤 가리지 않고 성벽으로 몰려들었다.

칼번은 다시 말을 타고 달리는 내내 검 끝에 자신의 모든 마나를 집중시켰다.

우우우우웅!

"일격이다! 짐이 일격을 치면 공성 망치를 전속력으로 휘두른다!"

"존명!"

그의 뒤로는 500명의 기병이 끌고 온 공성 망치가 달려오고 있었고, 그 후방엔 새까맣게 밀집된 병사들이 자리 잡고 있었다.

칼번은 자신이 지금까지 쌓아온 마력을 유감없이 펼쳐냈다.

"받아라!"

콰과과광!

소드 마스터의 경지를 뛰어넘은 그의 일격은 성문을 넝마로 만들어 버렸고, 500마력의 공성 망치는 그것을 단숨에 꿰뚫어 버렸다.

콰앙!

"성문이 열렸다! 모두 짐을 따르라!"

"와아아아아아!"

눈에 독기가 가득 찬 병사들은 적병이 쏘는 화살을 맞고도 물러서지 않았다.

핑핑핑, 퍼억!

"크윽! 죽인다!"

"지, 지독한 놈들! 좀비인가?!"

"죽여라! 포로란 없다! 모두 사살하고 빼앗아라!"

"크하하하! 다 죽어라!"

배고픔과 피로에 눈에 멀어버린 병사들은 무려 두 달 동안 참고 있던 탐욕과 욕망을 폭발시켰다.

촤라락!

"크허억!"

"죽어라! 네놈들이 죽으면 이 모든 것이 우리의 수중에 들어온다!"

무려 100만의 병사들이 일제히 단결하여 검을 휘둘러 대니 노리돈 영주군은 도저히 그들을 당해낼 재간이 없었다.

"하, 항복이오!"

"항복? 항복이란 없다! 살아 있는 모든 것을 죽여라!"

퍼억!

칼번은 자신의 앞에 무릎 꿇은 적장의 목을 그대로 쳐버렸고, 병사들 또한 항복하는 적병을 모조리 사살하였다.

덕분에 노리돈 성곽은 그야말로 아비규환이 따로 없었다.

칼번은 스스로 야차가 되기를 주저하지 않았고, 그로 인하여 병사들은 또 한 번 힘을 얻게 되었다.

* * *

노리돈 성이 함락되고 난 지 보름 후, 칼번은 해당 지역의 모든 재산과 식량을 빼앗고 영지의 여자들을 전부 병사들에게 나누어주었다.

보름 동안 실컷 약탈하고 여자까지 취한 병사들의 사기는 그야말로 최상이라고 할 수 있었다.

칼번은 여기서 멈추지 않고 계속해서 약탈과 학살을 자행하도록 허가했다.

신하들은 칼번에게 학살만큼은 멈추자고 진언했으나 어차피 해당 지역을 통치할 생각보다는 초토화시켜 노예들로 다시 채울 생각이었기에 기각되었다.

그는 노리돈 성을 함락시킨 이후 파죽지세로 군을 이끌어 에란스 왕국 중부 지역에 이르렀다.

에란스 중부 지역은 나라의 재화가 모두 집중된 곳인데, 이곳을 통하여 헤이슨 제국으로 나가는 조공이 운반되기 때문이다.

농번기를 맞아 전국 각지에서 거두어들인 조공이 운반되기 전에 중부 지역에 도착한 칼번은 기사와 병사들에게 좋은 먹이를 줄 기회가 다시 한 번 왔다고 생각했다.

그는 중부 지역 첫 번째 성채인 케르키니아 성 앞에 섰다.

칼번은 병사들에게 말없이 금화 주머니를 마구 집어 던졌다.

촤라라라락!

"오오오오!"

병사들은 칼번이 던진 금화를 정신없이 주웠고, 그는 그 광경을 가만히 바라보았다. 그리고 잠시 후, 그는 다시 한 번 금화 주머니를 꺼내었다.

"이 금화 주머니엔 대략 150개의 금화가 들어 있다! 이 정도 금액이라면 전쟁에 참전하여 목숨을 걸 사람들이 지천에 널렸다! 하지만 우리는 다르다! 우리는 이런 푼돈에 목숨을 파는 거지들이 아니란 말이다!"

그는 손가락으로 케르키니아 성채를 가리켰다.

척!

"저곳이다! 저곳이야말로 재화의 산지이다! 헤이슨 제국을 1년 동안 운영하고도 남을 재화가 저곳에 있다!"

"오오!

"저것은 모두 제군들의 것이다! 하나 모두에게 평등한 재화가 돌아가는 것은 아니다! 가장 먼저 성곽을 차지하는 자에게 가장 큰 영광이 돌아갈 것이다!"

칼번은 자신의 몸통이 들어갈 정도로 큰 포대를 꺼냈다.

"어제 이런 물건을 모두 받았을 것이다. 아마도 이 물건을 어디에 써야 할지 고민했을 테지. 짐이 이 물건을 나누어 준 것은 금화를 퍼 담기 위함이다."

"……!"

"이 정도 자루에 금화를 가득 채워 담는다면 사람의 힘으론 도저히 옮기지도 못할 것이다. 상상이나 해보았는가?! 이 엄청난 크기의 포대를 금화로 가득 채운다는 상상을 말이다!"

"오오오오오!"

"이렇게 엄청난 금화가 있는 곳엔 그에 상응하는 미녀들이 있다! 또한 첩보에 따르면 이곳에는 꽤 많은 엘프가 노예로 잡혀 있다고 한다! 가장 먼저 짐을 따라서 깃발을 꽂는 자에게 엘프족 성노를 상여할 것이다!"

엘프족 성노는 아케인 제국의 재상도 함부로 품을 수 없는 극상의 노예로 병사들에겐 거의 복권과도 같은 기회였다.

라이너스는 칼번의 이런 당근 정책이 병사들을 미친 사람으로 만들 것이라고 확신하였다. 하지만 그 광증은 분명 전쟁을 승리로 이끄는 원동력이 될 것이다.

'돈과 여자에 맛이 들린 남자들은 황금이 이끄는 죽음의 길도 마다하지 않는다. 역시 사람을 다룰 줄 아는 황제군.'

칼번의 이런 기질은 라이오니슨에게서 가장 크게 표출되었다.

그는 보름 동안 가장 많은 금화와 여자들을 취하였으며, 무려 황제보다 더 많은 전리품을 챙겼다.

아마 이번 전투에서도 그의 전공은 가장 크게 빛나게 될 것이다.

챙!

"짐을 따라서 선봉에 설 자 누구인가?!"

"와아아아아아!"

"짐을 따르라! 무한한 광영만이 있을 것이다!"

"황제 폐하 만세!"

"가자! 모두 일제히 돌격!"

칼번은 이번에도 선봉에 서서 병사들을 이끌었고, 그들은 죽기 살기로 그 뒤를 따라서 무작정 달렸다.

라이너스 역시 칼번과 라이오니슨을 따라서 말의 고삐를 당겼고, 보이는 족족 적을 베어냈다.

"받아라!"

촤라락!

"크허억!"

"오늘의 일등 공신은 내가 될 것이다!"

오늘도 역시 병사들은 활과 칼에 맞아도 물러서지 않았으며, 적군은 좀비와 싸우는 기분으로 전투에서 패배할 수밖에 없었다.

*　　　*　　　*

헤이슨 제국의 왕도는 적군의 침입이 턱밑까지 왔다는 것을 절감할 수밖에 없었다.

"식량을 빼앗았더니 우리의 국토를 미친 듯이 약탈하고 있군."

"고육지책으로 국토의 황폐화를 선택한 것 같습니다."

아카이드는 고도의 책략으로 적의 배후를 치는 데 성공하였지만 그보다 더 큰 것을 잃고 말았다.

적들은 이제 에란스 왕국을 점령하고 그곳을 약탈하여 전초기지로 삼게 될 것이 뻔했다.

그들이 에란스 왕국에서 군세를 키워서 이곳까지 온다면 과연 어떤 사태가 벌어질지 상상만 해도 끔찍해지는 아카이드였다.

"후우……."

지끈거리는 머리를 부여잡고 있던 아카이드에게 엘루니아

가 달려왔다.

콰앙!

"폐하!"

"엘루니아?"

그녀는 아카이드를 보자마자 털썩 무릎부터 꿇었다,

쿵!

"…왜 이러는 겐가?"

"제 동생을 살려주십시오!"

"동생?"

"에란스 왕국의 왕비로 간 제 여동생 켈리나가 적의 노예로 잡혀갔답니다!"

"……."

아카이드는 원래 에란스 왕국의 통합 정책으로 재상의 자식을 부마로 보내려 했으나 내명부에선 엘루니아의 동생 켈리나를 왕비로 보내 버렸다.

이로써 에란스 왕국마저 내명부의 손아귀에 놀아나는 지경에 이르고 말았으나, 오히려 그것은 제3 황비를 옭아매는 계기가 되어버렸다.

"처제, 아니, 에란스 왕비를 구할 방도는 오로지 하나뿐이야. 그것을 모르는 것은 아니겠지?"

"알고 있습니다! 만약 소첩의 목숨이 필요하다면 기꺼이 바치겠습니다! 그러니……."

"그대의 목숨으로 전쟁을 끝낼 수 있다고 생각하는 건가?"

"……."

"이 전쟁은 누구 한 사람의 목숨으로 끝낼 수 있는 것이 아니야. 잘 알지 않나?"

"그래서 이리 찾아와 간청을 드리는 것 아닙니까?"

"흐음, 난감하군. 그래서 짐더러 뭘 어쩌라는 것인가? 짐이 직접 불길로 뛰어들어 인질 교환이라도 하란 말인가?"

"자객단이 있지 않습니까? 그들을……."

"자객단은 자살 특공대가 아니라는 것을 모르시는 겐가?"

"…그렇다고 황제의 처제가 적의 포로로 잡혀갔다는 것을 군부가 모른 척한단 말입니까?"

"황제의 처제가 아니라 아버지가 잡혀가도 안 되는 것은 안 되는 것이지."

아카이드와 정이 없다는 것을 뻔히 알고 있으면서도 이곳까지 찾아온 그녀의 자존심은 이미 구겨질 대로 구겨져 버렸다.

그는 그녀의 자존심이 구겨진 것을 알고 있으면서도 일부러 쌀쌀맞게 굴고 있는 것이다.

"돌아가 있으시게. 내 알아서 하리다."

"…뭘 알아서 하신단 말씀입니까?"

"황제가 되어서 자기 식구가 죽어가는 것을 가만히 구경만

하지는 않겠다는 소리지. 내가 할 수 있는 말은 여기까지일세."

"……."

"여봐라! 황비를 데리고 나가라!"

"예!"

그녀는 병사들에 의해 끌려 나가면서도 그에게 마지막까지 외쳤다.

"폐하, 반드시, 반드시 지켜주십시오! 꼭입니다!"

"……."

잠시 후, 레비로스가 어둠 속에서 나와 그의 곁에 섰다.

"형님, 어지간하면 그냥 구해주시는 편이 어떻겠습니까? 내 명부가 지금 난리를 피우면 골치만 더 아파질 겁니다."

"아니, 아니다. 조금만 더 애를 태우자꾸나."

"흐음……."

"게다가 저들의 군세가 무려 100만이다. 그 엄청난 군세를 뚫고 어떻게 그녀를 구해 온단 말이냐?"

"방법이 아주 없지는 않지요."

"……?"

"그들은 100만의 군세를 움직이느라 정신이 없습니다. 때문에 보급품이나 노예 관리에 조금 소홀한 면이 있더군요. 만약 그들이 다음 성곽을 넘을 때까지 기다렸다가 잠입한다면 충분히 그녀를 구해낼 수도 있습니다."

"으음, 그런 방법이?"

"형님, 기왕지사 그녀를 애태우실 것이라면 차라리 에란스 왕비를 구해놓고 저울질하는 것은 어떠십니까?"

"만약 그리 된다는 보장만 있다면 그리하고는 싶지."

"그렇다면 망설이지 마시고 명령을 내리시지요. 우리 자객단과 풍운 협객단이 뒷일은 알아서 처리하겠습니다."

그는 고개를 끄덕였다.

"그래, 그럼 그리하자꾸나."

"예, 형님."

아카이드는 지끈거리는 머리를 부여잡으며 말했다.

"후우, 머리가 아프구나. 술 한잔 어떠하냐?"

"좋지요."

두 형제는 비밀리에 술자리를 갖기로 했다.

* * *

밤이 깊었음에도 불구하고 아카이드 형제는 여전히 잠에 들지 않은 채 술잔을 기울이고 있었다.

벌써 다섯 병이나 비웠지만 술자리는 아직 끝나지 않고 있었다.

레비로스가 드래곤 연방에 대한 얘기를 꺼냈다.

"형님, 드래곤 연방에 대해 들어보셨습니까?"

"현재 아시스 연합국을 절반쯤 먹어치운 놈들을 말하는 것이냐?"

"예, 그렇습니다. 그들의 전력이 신성 제국을 훨씬 뛰어넘는다는 첩보가 있습니다. 신식 무기와 마법 무구로 무장하고 있으며, 그 병력은 무려 100만에 이른다고 하더군요."

"100만이라… 잘하면 열강의 계보가 바뀔 수도 있겠군."

"사가들은 이미 그들이 판테리아의 판도를 바꾸어놓았다고 말하고 있습니다. 더 이상 4대 열강이 지배하는 판테리아가 아니라는 소리지요."

"흐음……."

"그래서 드리는 말씀입니다만, 드래곤 연방에 줄을 대어보는 것은 어떠신지요?"

"그들은 엘프와 드워프 등으로 이뤄져 있다. 우리가 그들과 연을 댄다는 것은 내명부의 정통성을 어느 정도 인정한다는 것밖에는 안 될 것이다."

"물론 그럴 수도 있겠지요. 하지만 지금의 전세를 뒤집을 수 있는 방법은 그것뿐입니다. 더 이상 아케인 왕국의 진군을 막을 수 있는 방책이 없습니다. 만약 저들이 바다를 건너게 된다면 우리 역시 엄청난 타격을 입을 수밖에 없을 터, 결국 헤이슨 제국은 50년, 아니, 100년 이상 퇴보하게 될 것입니다."

"만약 그들과의 교섭에 실패하게 된다면?"

"그렇게 되지 않도록 만들어야지요."

"흐음……."

아카이드는 고개를 끄덕였다.

"좋아, 그들과 교섭을 시도하도록 하지."

"제가 밀사로 그들을 찾아가겠습니다."

"네가 말이냐?"

"듣기론 엄청난 무력을 가지고 있음에도 불구하고 공화정치에 참여하는 세력들에겐 아주 우호적이라고 합니다. 제가 백기를 내걸고 그들을 찾아간다면 반드시 대화에 응해줄 것으로 믿습니다."

"그래, 알겠다. 네 뜻대로 해보거라. 하지만 만약 일이 잘못된다 싶으면 곧바로 그만두고 황도로 돌아오너라. 이제 내 진영에 남은 사람은 오로지 너 하나뿐이다."

"예, 형님. 걱정하지 마십시오."

아카이드는 드래곤 연방에 대해 기대를 걸어보기로 한다.

"그래, 그들이라면 우리가 명운을 걸어볼 만하겠어."

"물론입니다. 그들의 전력을 우리가 적당히 사용할 수만 있다면 이 전쟁을 끝낼 수도 있을 겁니다."

레비로스는 마지막 한 잔을 끝으로 술잔을 엎었다.

"형님, 저는 이만 물러가보겠습니다."

"벌써 다 마셨느냐?"

"지금 당장 북쪽으로 출발하려 합니다."

"흐음, 아쉽구나."

"시간은 많습니다. 돌아오는 대로 진귀한 술을 선물로 드리겠습니다."

"그래, 다시 만나자꾸나."

"그럼……."

레비로스가 사라진 후 그는 대충 자리를 치우고 침대에 몸을 눕혔다.

"후우……."

바로 그때, 침소의 문이 거칠게 열렸다.

쾅!

"폐하! 폐하!"

"마마, 이러시면 안 됩니다!"

"놔라! 폐하와 결판을 지어야겠다! 이거 놔라!"

화가 머리끝까지 난 엘루니아가 다시 아카이드와 담판을 짓겠다며 침소로 난입한 것이다.

아카이드는 시종들을 뒤로 물렸다.

"나가 있어라."

"예, 폐하!"

"내관."

"예, 폐하."

"가서 술을 좀 내오게."

"예. 지금 당장 주안상을 올리겠습니다."

잠시 후, 아카이드는 자신의 앞에 선 엘루니아를 바라보았다.

"이런 야심한 시각에 어찌 그런 얼굴로 나를 찾아온 것인가?"

"제 동생을 반드시 살려주신다는 약조를 해주십시오. 그렇지 않으면 소첩은 더 이상 폐하의 곁에 남아 있지 않겠습니다."

"궁을 떠나겠다는 뜻인가?"

"그렇다는 것은 아닙니다. 내명부에서 폐하를 견제하려는 세력에 동조할 것이라는 뜻입니다."

"결국 지아비를 버리겠다는 뜻이군."

"…소첩의 얘기에 귀를 기울여 주시지 않으니 그러는 것 아닙니까?!"

아카이드는 가만히 그녀의 눈동자를 바라보았다.

이 세상 그 어떤 보석도 그녀의 아름다움에는 비할 바가 못 될 것이며, 결단코 두 번 다시 그녀보다 더 아름다운 미녀는 이 세상에 태어나지 못할 것이다.

그는 새삼스레 그녀의 미모에 감탄하였다.

"아름답군."

"그게 지금 이 얘기와 무슨 상관이 있습니까? 제 동생은 지금 적들의 손에 유린되어 더럽혀지고 있을 것입니다."

"그래, 그럴 수도 있겠지. 하지만 저들이 바보가 아니고서야 그녀를 험악하게 다루겠나? 그녀는 그들에게 있어서 꽤나 쓸모가 많은 카드일 텐데."

"그건 그렇지만……."

아카이드는 그녀에게 물었다.

"좋아, 자객단을 파견하여 그녀를 구출해 오는 데 조건을 걸지."

"조건이요?"

"내가 처제를 구해주면 나에게 무엇을 줄 텐가?"

"…처제도 가족입니다. 가족을 구하는 데 조건을 내걸어야 겠습니까?"

"사사로이 본다면 가족이지만 엄연히 따지면 타국의 왕비 아닌가? 그녀는 내명부에서 왕비로 보냈다. 내가 그녀를 사지로 몰아넣은 것도 아닌데 무엇 때문에 나의 소중한 전력을 소모해야 하느냔 말이다."

아카이드는 그녀와의 대화에선 '짐'이라는 칭호를 버리고 오로지 인간 아카이드로서 그녀를 대하고 있었다.

그녀는 아직까지 그것을 잘 인지하고 있지 못하는 것 같았지만 아카이드는 개의치 않았다.

"나는 황제다. 뭔가 얻는 것이 없다면 부하들을 그곳에 보낼 수 없단 말이다. 나의 사정 때문에 부하들을 사지로 내몬다면 과연 누가 나를 따르겠는가?"

"으음……."

"내 부하들에게 줄 무언가를 제시하게. 그게 아니라면 더 이상의 얘기는 없던 것으로 하지."

"소첩이 폐하의 사람이 되겠습니다."

"나의 사람이 되겠다?"

"지금까지 소첩은 폐하의 사랑을 얻고자 호시탐탐 기회를 노리고 있었을 뿐 진정으로 도움이 되겠다는 생각은 해본 적이 없습니다. 오히려 폐하가 망가지고 나면 소첩에게 기댈까 하는 생각에 내명부의 명령을 충실히 수행해 왔지요."

"그러니까, 나의 이중 첩자가 되어주겠다는 뜻인가?"

"예, 폐하."

"후후, 이중 첩자라… 꽤나 좋은 조건이군."

"여기에 소첩이 가지고 있는 재산과 내명부에서 하사한 영지의 기사단을 모두 폐하께 드리겠습니다."

"몸과 마음을 모두 나에게 바치겠다?"

"…처음부터 몸과 마음은 당신의 것이었습니다. 저를 이렇게 만든 것은 바로 폐하 본인입니다."

아카이드는 그녀를 벽으로 서서히 내몰았다.

"두 번째 조건은 아무래도 성사되기 힘들 것 같군."

"…무슨 말씀이십니까?"

"오늘부터 그대는 온전히 내 여자가 될 테니까."

아카이드는 그녀의 가녀린 허리를 손으로 끌어안고 거칠게 입술을 탐닉하기 시작했다.

"후읍!"

화들짝 놀란 그녀가 아카이드를 밀어내려 했으나, 이미 그녀의 속마음은 그를 향해 젖어들기 시작했다.

결국 그녀는 아카이드에게 모든 것을 맡기고 말았다.

제5장

낭보

판테리아 최대의 사막지대이자 블루 드래곤 샤이키의 레어가 있는 노스코샤에 나타샤와 아스카유가 찾아왔다.

두 사람은 기나긴 동면에 들어가 있는 샤이키를 깨우고 그에게 드래곤 연맹의 탄생과 그 맹주인 쿠르드의 후계자 하진에 대해 설명하였다.

샤이키는 두말하지 않고 두 사람이 말하는 대로 따라가기로 했다.

“저는 찬성입니다. 전쟁, 누군가가 피를 흘려야 한다면 잘못된 길을 시작한 장본인들이 흘려야 하지 않겠습니까?”

“나도 같은 생각일세. 쿠르드의 유지를 계속해서 받들어 나가자면 어서 빨리 일을 마무리 짓는 수밖엔 없어."

샤이키는 나머지 드래곤의 소집에 대해 물었다.

"하지만 이렇게 일일이 찾아다니면서 드래곤을 모으는 것은 비효율적입니다. 차라리 용언의 탑을 사용하시지요."

"용언의 탑이라……."

용언의 탑은 드래곤 로드가 각 개체들을 소집하기 위하여 만들어둔 연락망으로, 이것은 필생에 단 한 번밖에 사용하지 못하는 물건이기 때문에 사용에 있어 신중에 신중을 기할 수밖에 없었다.

샤이키는 지금이 그 신중에 신중을 기해 사용해야 할 때라고 말했다.

"쿠르드 님이 만들어두신 안배를 지금 사용하는 겁니다. 지금보다 더 중요한 때가 있겠습니까? 세상이 멸망하기 전에 중심을 잡는 것이 옳은 일이지요."

"으음, 그건 그렇군."

"용언의 탑은 이곳에서 그리 멀지 않은 곳에 있습니다. 용언의 탑은 최소 세 사람의 용언이 필요하니 조건은 모두 다 갖춘 셈이군요."

용언의 탑은 비단 드래곤 로드만이 사용할 수 있는 것은 아니고 위기의식을 느낀 세 사람이 언제라도 발동시킬 수 있도록 만들어졌다.

지금 발동을 걸고 쿠르드의 유지를 피력한다면 충분히 드래곤을 다시 규합할 수 있을 것이다.

"가세. 시간이 별로 없어."

"그러시지요."

아스카유는 샤이키를 따라서 용언의 탑으로 향했다.

용언의 탑이 있는 케드릴라 산맥 최고봉 '드레고니아'에는 광풍과 함께 뇌전이 빗방울처럼 몰아치는 곳이다.

우르르릉, 콰아앙!

촤좌좌좌좡!

드래곤이 아니고서야 이런 뇌전의 폭풍을 이길 수 있는 생명체는 판테리아에 결코 존재할 수 없기에 이곳은 인간과 몬스터들에게 있어 금역이나 마찬가지였다.

하지만 용언으로 이뤄진 이 마법은 세 명의 드래곤이 올라가자마자 해제되어 본래의 평온함을 되찾았다.

스르르릉!

정령들의 날개에서 떨어지는 것으로 알려진 페어리더스트와 함께 꽃향기가 섞여 세 사람의 코를 간질였다.

"됐군. 봉인이 해제되었어. 이제 그들을 불러내기만 하면 되겠군."

"그럼 시작할까요?"

"서두릅시다."

세 사람이 손을 잡고 용언의 주문을 외우자, 거대한 재단에

금이 가기 시작했다.

우우우우우에!

꽈지지지직!

금이 간 재단에선 오색의 불빛이 뿜어져 나왔고, 그 불빛은 순식간에 판테리아 전역을 뒤덮어 나갔다. 그리고 잠시 후, 드디어 온 세상에 흩어져 있던 드래곤들에게 연락이 닿기 시작하였다.

끼이이이잉!

세 사람은 가장 가까이에 있는 드래곤들이 이곳을 향해 텔레파시를 보내고 있음을 알 수 있었다.

아스카유는 그 텔레파시에 답하였고, 그들은 비상 연락망이 가동됐다는 것을 알 수 있었다.

그 이후로 5분에 한 번씩 텔레파시가 당도하였는데 무려 500개나 되는 텔레파시가 이곳의 문을 두드렸다.

아스카유는 일일이 그들에게 답신을 해주었고, 500명의 드래곤이 이곳으로 모여들겠다는 의사를 밝혔다.

그는 이곳에서 회동을 갖고 곧바로 드래곤의 군대를 구성할 생각이다.

"몬스터들과 정령까지 규합해서 곧바로 신성 제국을 치도록 하지."

"그렇게 되면 너무 많은 인명이 피해를 입지 않을까요?"

"바보들이 아니고서야 이렇게 엄청난 전력 차이를 두고 전쟁을 벌이겠나? 만약 반항하는 세력이 있다면 밀어버리고 투항하는 세력만 건져서 전쟁을 끝내도록 하자고."

"좋습니다. 그렇게 하시지요."

아스카유와 그 동료들은 동족인 드래곤들을 맞을 준비를 서둘렀다.

* * *

용언의 탑이 가동된 지 불과 세 시간 만에 500이 넘는 드래곤 일족이 모두 드레고니아 재단을 향해 모여들었다.

지금껏 3천 년이 넘도록 잠들어 있던 드래곤들은 로드의 사념이 남긴 유지에 대해 전해 들었다. 그리고 이제 그들은 자신들이 더 이상 방관자로서 대륙에 남을 수 없게 되었다는 사실을 깨달았다.

"우리는 방관자에서 판테리아의 조율자로 거듭날 것일세. 다들 잘 알고 있겠지만 인간은 우리가 방관자로 전락하게 된 가장 큰 계기를 만들어주었네. 그것은 바로 힘의 논리를 바탕으로 한 억압과 탄압일세. 우리는 힘을 합쳐 그들을 몰아내고 이 땅 위에 진정한 통합을 이뤄낼 것이네."

"그렇다면 우리의 역할은 전쟁을 끝내는 것에 그치는 것이 아니군요."

"이제 우리도 대륙의 일부분으로서 살아가게 되었네. 드래곤 로드는 이대로는 판테리아가 무너질 것이라는 사실을 익히 알고 있었고, 우리 일족을 통합시켜 한 종족으로서 자리를 잡아야 한다고 생각했지."

"흐음, 그렇다면 앞으론 조금 복잡한 삶을 살아가게 되겠군요."

"원래 인생은 복잡한 법이지. 지금까지 우리는 너무 간단한 인생만을 고집하여 살아오지 않았는가? 이제 그 짧은 나날들은 안녕을 고하게 되는 셈이지."

"그렇군요."

아스카유는 드래곤의 영역 안에 있는 몬스터들을 모두 규합하여 신성 제국으로 진군하는 계획을 실행에 옮기기로 했다.

"이제 우리는 군대를 조직할 걸세. 다들 잘 알고 있겠지만 드래곤의 영역에는 몬스터들이 자생하고 있고, 그들은 우리의 지배하에 있네. 이제 그들로 하여금 자유를 되찾는 전쟁을 치르고 억압에서 몬스터들을 해방하는 것이 옳다고 생각하네."

"하긴 그들도 대륙의 일부분인데 굳이 우리가 그들을 억압하고 있을 필요는 없지요."

"맞는 말일세. 그들을 억압하고 다그칠 필요는 없어. 그들도 생명체이고 자신들만의 생이 있으니까. 다만, 이번 전쟁에서 그들의 힘이 필요하다는 것은 자명한 사실일세. 드래곤들이 아무리 강력하다곤 해도 500명의 인원으로 대륙의 절반을 일통하는 것은 사실상 무리야."

"이번에 그들의 힘을 빌리면 그들에게도 나름대로의 터전이 생길 테니 이것 역시 상생을 위한 길이 되겠군요."

"그래, 맞아. 하지만 일방적인 모집과 동원은 그들에게 있어 또 다른 억압일 뿐이야. 그들을 잘 설득하고 동원하는 것이 옳다고 믿네."

"잘 알겠습니다. 레어 주변의 몬스터들을 소집하고 그 우두머리들과 대화하여 전쟁을 준비하겠습니다."

"그리해 주시게."

아스카유는 드래곤의 군대가 조직되면 신성 제국이 있는 북부 지역으로 군사를 집중시키기로 했다.

아케인 제국과 접경해 있으면서도 아시스 연합국과 맞닿아 있는 신성 제국이기 때문에 이들을 병탄하는 것만으로도 어느 정도 질서는 잡힐 것이다.

"북부에서 다시 만나도록 하지."

"예, 아스카유 님."

드디어 대륙의 거대 세력인 드래곤이 직접 전쟁에 나서는 때가 도래하였다.

* * *

아스카유의 레어가 있는 지하 용암지대 인근.

쿵쿵쿵!

용암지대에서 서식하는 몬스터들이 아스카유의 앞에 모여들었다.

—쉬이이이익!

—케켁, 케켁!

본체로 현신한 아스카유는 자신의 둥지를 가득 채운 몬스터들에게 말했다.

"너희들은 지금까지 나의 지배하에 있으면서 억압된 삶을 살아왔다. 그것은 비단 너희들뿐만 아니라 대륙에 있는 모든 몬스터와 인종이 그래왔다. 하지만 이젠 바뀔 것이다. 너희들은 자유를 누리게 될 것이며, 앞으로 대륙 전역에 골고루 퍼져 인간과 동물, 몬스터가 어우러져 사는 새로운 세상을 맞이하게 될 것이다."

—하지만 아스카유 님, 인간과 우리는 더 이상 섞일 수 없는 존재입니다.

"알고 있다. 인간과 몬스터는 섞일 수 없어. 그렇기 때문에 더더욱 공존하는 방향을 물색해야 하는 것이다. 인간과 몬스터의 경계를 구분 짓고 상대방의 영역을 침범하지 않으면서 서로를 존중해 나가는 것이지."

—그들이 영토를 양보해 줄까요?

"판테리아는 모두의 것이다. 양보를 하지 못할 것이 무엇이란 말이냐?"

그는 몬스터와 인간의 생활 영역을 구분 짓는 방법에 대해 설명하였다.

"지금까지 드래곤은 자신들의 레어를 지키기 위하여 몬스터들을 작은 틀 안에 가두었다. 하지만 이제는 드래곤 역시 한 종족으로서 살아가게 되겠지. 그러나 드래곤의 특성상 한 구역에 모여서 살기는 힘들다. 알고 있다시피 각 상성에 따라서 서식하는 환경이 다르기 때문이지."

—그건 저희들도 잘 알고 있습니다. 저희들의 생활 반경 역시 그러하니까요.

"그래, 그래서 우리는 각자의 생활 반경 안에 몬스터들이 자생할 수 있는 구역을 따로 지정할 생각이다. 우리가 가지고 있는 영향권은 이제 지배의 고리가 아닌 너희들의 영역이 되는 것이지."

—……!

"더 이상 억압과 제약 때문에 고통을 받지 않아도 된다. 다만 인간과의 공존을 위해서라면 그들을 침범하거나 사살하는 일이 없어야 한다. 너희들이 생활하는 공간에서 약육강식의 논리를 적용시키고, 야생동물을 사냥하고, 그들의 생태를 관장하면서 영역을 지켜나가는 것이다. 이것이 드래곤 연방에 너희들이 기여해야 하는 가장 큰 이유이다."

몬스터들의 우두머리들은 기꺼이 아스카유를 따르기로 한다.

—이 미친한 놈들이 도움이 될 수만 있다면 얼마든지 써주십시오!

—저희들도 따르겠습니다!

"그래, 고맙다. 나의 이런 뜻을 헤아려 주다니, 기쁘기 그지없구나."

—아닙니다. 저희들의 살 수 있는 곳을 마련해 주시고 자유까지 되찾아주신다니 저희들이 기쁘지요.

쿠르드는 드래곤들이 살아가는 반경을 조금 더 넓히고 그곳을 각자의 영역으로 지정하여 몬스터들이 자유롭게 살아갈 수 있도록 하는 방식을 꿈꾸고 있었다.

그것은 몬스터들의 왕국을 드래곤들이 관장하며 조율하고 인간과의 공존으로 이 땅이 더욱 비옥해지는 비책이었다.

아스카유의 뜻이 몬스터들에게도 전달되었으니 이제 전투를 치르는 일만 남은 셈이다.

"북쪽으로 가자."

—북쪽은 춥습니다. 우리가 전쟁에서 승리할 수 있을까요?

"그래, 북쪽은 춥지. 하지만 용암을 타고 간다면 그곳도 우리의 영역과 마찬가지 아니겠나?"

—아아……!

"또한 전쟁에서 희생은 불가피한 일이다. 나 역시 죽음을 각오하고 있으며 다른 드래곤과 인간들 역시 마찬가지다. 너희들이라고 희생되지 말라는 법은 없다. 하지만 그 희생은 값진 것이다. 그 희생으로 너희들이 자유를 얻을 것이기 때문이다."

—우워워워워!

—쿠오오오오오!

몬스터들은 아스카유를 필두로 엄청난 사기를 집중시켰다.

이제 그는 때가 되었다고 생각했다.

"가자! 마그마를 타고 그들이 있는 북쪽으로 향하는 것이다!"

—예, 아스카유 님!

그는 마그마 안으로 들어가 몬스터들을 이끌고 북쪽으로 흘러가기 시작했다.

*　*　*

드래곤들이 모집한 병력은 15만에 이르고 있었는데, 이 중에 초대형 몬스터가 무려 1만이나 되어서 전쟁은 거의 해보나 마나한 상황이었다.

그러나 신성 제국은 지금까지 자신들이 레이드의 목표로 삼은 몬스터들을 그리 심각하게 생각하지 않았다.

몬스터들이 모여봤자 자신들의 성벽을 넘을 수는 없다고 생각한 것이다.

신성 제국 남부 지역 제1 관문인 에트로피타로 15만의 병력이 운집하기 시작했다.

쿵, 쿵, 쿵!

—쿠오오오오오오!

—대열을 갖춰라!

본래의 무질서함은 찾아볼 수 없고 고도로 훈련된 병사들처럼 대열을 맞춰 진군하는 몬스터들의 모습은 마치 일개 군단을 보는 듯했다.

이들이 이렇게까지 결집을 할 수 있는 것은 드래곤과 우두머리들의 텔레파시가 수시로 교감을 이루고 있기 때문이다.

에트로피타의 성곽에 선 신성 제국 성기사단은 몬스터들의 운집을 바라보며 실소를 흘리고 있었다.

"후후, 살다 보니 별일이 다 있군. 몬스터들이 군대를 조직할 때도 다 있고 말이야."

"하지만 그래봐야 성문 앞에서 레이드 하는 것과 뭐가 다르겠습니까?"

"하하, 그건 그렇지!"

인간들에게 있어선 그저 사냥의 대상일 뿐이던 몬스터들은 드래곤의 지휘를 받으며 자유를 쟁취하기 위한 투사로 거듭나 있었다.

아스카유를 비롯한 500명의 드래곤이 질서 정연하게 모여 있는 몬스터 군단 위로 모습을 드러냈다.

휘이이이잉!

—크아아아아앙!

"허, 허억! 저, 저게 뭐야?!"

"드, 드래곤?! 아직도 드래곤과 같은 생명체가 살아남아 있었단 말인가?!"

"비, 빌어먹을! 그냥 몬스터도 아니고 드래곤은 얘기가 좀 다른데?"

아스카유는 한껏 오만에 차 있는 인간들을 벌하기 위하여 투지를 불태웠다.

"전군, 돌격!"

—쿠오오오오오오오!

몬스터들이 일제히 돌격하자 아스카유와 드래곤들은 성문에 용언의 응축체인 드래곤 브레스를 쏘아댔다.

후우우우욱!

—크아아아아아앙!

한껏 부풀린 폐부를 통하여 뿜어져 나온 드래곤들의 숨결에는 현존하는 최고의 마법사 1만이 뿜어내는 마력이 깃들어 있었다.

이 숨결에 닿는 즉시 이 세상 그 어떤 무엇도 형체도 없이 사라질 것이 분명했다.

콰과과광!

"크아아아악!"

"이, 이런 빌어먹을! 일격에 성곽이 무너져?!"

"이대로는 모두 다 죽을 겁니다! 후퇴를 명령해 주십시오!"

"하지만 우리가 도망간다고 해서 저들에게서 살아남을 수 있을 것이라고 생각하나?! 그럴 바엔 차라리 이놈들의 숫자를 조금이라도 줄여주는 것이 현명하다!"

"…알겠습니다!"

성기사단은 자신들의 생명과도 같은 자존심을 사수하기 위해 목숨을 내던질 각오까지 불사했다.

챙!

"기사단, 전원 돌격 준비를 갖추어라!"

"충!"

"일제히 나를 따르라!"

"와아아아아아!"

그야말로 밀물처럼 들이닥친 몬스터들과 결전을 벌이기 위해 검을 잡은 성기사단의 눈가에는 결연함이 가득 차 있었다.

그러나 이미 전력 차이가 극명한 상황에서 그런 결연함은 아무런 도움이 되지 못했다.

아스카유는 성기사단 측 방어 대장의 몸을 발로 짓이겨 버렸다.

쿠웅!

"끄웩!"

"이, 이럴 수가!"

"너희들이 생각하는 그 힘의 논리란 바로 이런 것이다! 힘은 더욱 강한 힘에게 짓눌려 없어질 뿐, 궁극적인 평화가 지향하는 행복을 이길 수 없단 말이다!"

그는 드래곤과 몬스터 군단을 이끌고 그대로 진격했다.

"돌격! 모두 다 쓸어버려라!"

—쿠오오오오오오!

아스카유의 붉은색 비늘이 인간의 피로 점차 물들어갔다.

* * *

같은 시각, 하진은 아스카유가 군사를 일으켰다는 소식을 진군 이후에 듣게 되었다.

아시스 연합국의 심장부로 향하는 길목에서 듣게 된 낭보는 드래곤 연방에게 힘을 실어주는 계기가 되었다.

하진은 아스카유의 전령으로 찾아온 블랙 드래곤 오필리아를 맞이하였다.

판테리아에선 찾아보기 드문 흑발에 새하얀 피부를 가진 그녀는 이제 5천 살이 된 젊은 드래곤이었다.

그녀는 쿠르드의 기억을 전이 받은 하진에게 경건하게 인사를 올렸다.

"쿠르드 님을 뵙습니다."

"반갑습니다. 쿠르드 님의 후계자인 연하진이라고 합니다."

"아스카유 님께 얘기는 많이 들었습니다. 듣던 대로 기품이 흘러넘치시는군요."

"별말씀을요. 고귀함으로 따지자면 오필리아 님의 후광이 일품이지요."

서로에게 칭찬 한마디씩을 건넨 두 사람은 본격적인 공담에 들어갔다.

"현재 아스카유 님의 군대가 북쪽 남부 지역을 돌파하여 적의 수도를 향해 진격하고 있습니다."

"듣던 중 반가운 소식이군요. 이대로 신성 제국을 함락시키고 식민지를 해방시킬 생각이신 모양이지요?"

"예, 그렇습니다. 아스카유 님께선 쿠르드 님의 군대가 아시스 연합국을 무너뜨리고 나면 함께 군대를 합쳐 남쪽으로 진군하자고 말씀하셨습니다."

"그렇군요."

현재 하진의 화력은 아시스 연합국을 일주일 안에 함락시킬 수 있을 정도로 막강하기 때문에 아스카유에게도 큰 도움이 될 것이다.

그는 최대 보름 안에 아시스 연합국을 함락시키고 남부로 합류할 것을 밝혔다.

"보름입니다. 그 안에 결판을 내겠습니다."

"알겠습니다. 그럼 아스카유 님께 그리 전하겠습니다."

"그래주시지요."

하진과 오필리아가 추후의 일정을 조율하고 있을 때였다.

똑똑.

"의장님, 해리슨입니다."

"들어오시게."

하진의 막사로 들어온 해리슨이 그에게 편지를 하나 건넸다.

"어떤 행인이 반드시 의장님을 뵈어야겠다며 이 쪽지를 남겼습니다."

"행인?"

"신분을 물어도 아무런 대답이 없고 그냥 이 편지를 건네면 알아서 자신을 찾아오실 것이라고 하더군요."

"으음, 나에게 그렇게 비밀스러운 이가 있었던가?"

"글쎄요. 아무튼 한번 살펴보시지요."

그는 해리슨이 건넨 편지를 열어 내용을 살펴보았다.

가우스트 공에게.

본인은 헤이슨 제국의 왕제 레비로스라고 하오.

사사롭게는 풍운 협객단의 단주이고 지금은 헤이슨 제국의 자객단을 휘하에 두고 있소.

그대의 명성은 귀가 따갑도록 듣고 있소.

드래곤 연방군의 군세가 벌써 100만에 이르고 있으며 그 무장력과 화력은 가히 상상을 초월한다고 하더이다.

우리 헤이슨 제국은 지금까지 드래곤 연방이 빼앗은 식민지들은 정당한 해방이라고 생각하고 있소.

만약 북방의 식민지들을 전부 다 해방시킨다고 해도 우리 헤이슨 제국은 드래곤 연방에게 반감을 가질 생각은 추호도 없소이다.

다만 현재 우리 헤이슨 제국이 북방의 열강 아케인 제국의 침략을 받아 국토가 황폐화되고 있으니 그에 대한 구원을 바라외다.

현재 아케인 제국은 우리의 바로 턱밑까지 쫓아와 국토를 황폐화시키고 멀쩡한 제국민을 죽이고 약탈하고 있소.

그들이 잡아간 여자만 무려 100만이 넘고 죽인 인원은 그보다 더 많을 것으로 추산되고 있소이다.

가우스트 공, 공과 나는 단 한 번의 일면식도 없는 생면부지 남이외다. 하지만 사람의 인연이라는 것은 비단 학연과 지연으로만 이뤄지는 것이 아니지 않겠소이까?

만약 기회가 된다면 그대와 함께 술 한잔 기울이면서 드래곤 연방의 꿈에 대해서 논해보고 싶소이다.

현재 점령 중인 지역의 뒷골목에서 풍운 협객단을 찾아주시오. 그들이 그대를 나에게 인도해 줄 것이오.

그럼 좋은 소식을 고대하고 있겠소.

—레비로스 헤이슨 배상.

하진은 레비로스라는 사내가 헤이슨 제국의 왕제라는 소리에 고개를 갸웃거렸다.

"헤이슨 제국의 황가에 숨겨진 자식이 있었던가?"

"숨겨진 자식이라니요?"

"레비로스라는 사람 말이야."

해리슨이 무릎을 쳤다.

"아아! 그 추방된 황자 레비로스 말씀이십니까?"

"추방된 황자?"

"레비로스 황자는 황위 계승에서 밀려나 변방으로 유배를 간 것으로 압니다. 아마도 무신들과 문신들의 지지를 얻지 못하여 목숨에 위협을 받은 것이겠지요."

"으음, 그래?"

그는 레비로스라는 사람에 대해서 조금 더 알고 싶어졌다.

"이곳에서 잠시 대기하고 있게. 지금 당장 다녀올 데가 있어."

"예, 알겠습니다."

하진은 마법 자동차를 타고 현재 점령 지역인 나폴티르의 뒷골목으로 향했다.

제6장
전쟁의 막바지

나폴티르의 뒷골목 여관 '붉은 여우'를 찾아온 하진은 여관 주인에게 풍운 협객단주가 보낸 서신을 건넸다.

"여우의 주인이 나를 찾아와서 이런 쪽지를 건네더군요."

"따라오시지요."

그녀는 하진을 데리고 여관 카운터 뒷문으로 향했다.

끼이이익!

뒷문을 여니 축축한 곰팡이가 잔뜩 핀 창고의 틈으로 작은 계단이 보인다.

"이쪽으로 오십시오."

"고맙습니다."

창고의 작은 틈으로 난 계단은 지하 5층까지 이어졌는데, 지하 5층에서부터는 거대한 물줄기가 흐르는 소리가 들려왔다.

쏴아아아아아!

"지하에 암반이?"

"수로입니다. 풍운 협객단주께서 직접 만드신 지하 수로이지요. 대륙 전역으로 이어져 있어 마음만 먹는다면 일주일 안에 대륙을 횡단할 수도 있습니다."

하진은 풍운 협객단이 어째서 신출귀몰한 자객단으로 명성이 드높은지 이제야 알 것 같았다.

동에 번쩍, 서에 번쩍하는 풍운 협객단이 사람들의 말처럼 귀신을 등에 업은 사람들이 아니라 머리가 꽤 좋은 사람들이라는 것을 알 수 있었다.

이들은 수로를 뚫어 아주 빠른 시간 내에 대륙과 대륙을 오가며 일을 처리해 주었기에 지금과 같은 명성을 얻게 된 것이다.

하진은 레비로스라는 사람이 생각보다 더 엄청난 사람이라는 것을 어렴풋이 짐작할 수 있었다.

잠시 후, 지하 수로 입구에 있는 작은 정자에 도달해 보니 레비로스가 그곳에 앉아 술잔을 기울이고 있다.

꿀꺽, 꿀꺽!

"크흐, 좋다!"

"당신이 레비로스?"

"그쪽은 가우스트 공이 되시겠구려. 반갑소. 레비로스 헤이슨이라고 하오."

"가우스트 아펠트입니다."

"역시 듣던 대로 아주 짱돌처럼 단단하고 다부진 체격이시구려."

"그쪽은 사람들의 말과는 반대로 귀신이 아니고 사람이시군요."

"하하, 그런 소리를 많이 듣소. 뭐, 실제로 내 얼굴을 본 사람은 극히 드물지만 말이오."

레비로스는 하진에게 자신의 옆자리를 내어주었다.

"이쪽에 앉으시오. 술이나 한잔합시다."

"좋지요."

녹색 엽차처럼 생긴 술을 한잔 받은 하진은 그것을 거침없이 비워냈다.

꿀꺽!

그러자 그의 목구멍에서 마치 박하를 농축시킨 액체를 들이켠 것처럼 아릿아릿한 시원함이 폭발했다.

"으허……!"

"맨드레이크의 뿌리로 담근 술이오. 사람들은 맨드레이크가 환각 작용을 한다고 알고 있겠지만 그것은 바른 정보가 아니오. 맨드레이크의 뿌리는 사람의 고통을 줄여주는 진통제

역할을 하면서도 뇌에 질환이 있는 환자가 달여 마시면 금세 효과를 볼 수 있다오. 다만 불에 닿지 않은 맨드레이크의 뿌리를 먹으면 광증이 나타나서 하루 이틀 내로 미쳐 죽는다고 하오. 하나 이것을 생으로 술에 담가 마시면 원기 회복에 좋은 포션이 된다오."

"그렇군요. 이런 요법은 어디서 배워 오신 겁니까?"

"워낙 넓은 지역을 돌아다니다 보니 어디선가 주워들었는데, 정확하게 기억은 나지 않소."

"좋은 정보 감사합니다."

"별말씀을."

맨드레이크는 산에 자생하는 식물형 몬스터인데, 뿌리를 뽑는 순간 고막을 찢는 듯한 비명을 질러댄다.

워낙 흔한 맨드레이크이지만 잡아먹는 즉시 사람을 미치게 한다고 해서 레이드의 기피 대상 1호라 할 수 있었다.

그러나 지금과 같은 이런 술이라면 얼마든지 가치 높은 명주가 될 법했다.

레비로스는 비어 있는 자신의 잔을 하진에게 내밀었다.

"나도 한 잔 주시오."

"그러지요."

그는 하진이 따라준 맨드레이크 술을 한 모금 넘겼다.

꿀꺽!

"후우, 정신이 번쩍 드는군."

"이제 술도 한잔했겠다, 본론으로 넘어가시지요."

"뭐, 그럽시다."

레비로스는 단도직입적으로 하진에게 자신의 입장을 피력했다.

"우리 헤이슨 제국을 도와주신다면 섭섭지 않은 보상을 해드리리다. 원한다면 전 식민지의 노예를 해방하겠소."

"식민지를 개방하고 노예를 혁파하고 나면 연방에 가입할 생각도 있으십니까?"

"그건 아니오. 우리도 우리만의 전통과 방식이 있는 법, 제국을 해체할 생각은 전혀 없소이다. 다만, 그대들과 우리가 가고자 하는 길이 서로 다르니 그 차이를 조금이라도 좁히려는 것이오."

"으음……."

"그대들도 알 것이오. 헤이슨 제국은 상당히 신사적인 통치를 해왔소. 식민지를 대하는 태도 역시 그러했지. 만약 우리가 노예제도를 혁파하고 식민지들에게 주권을 돌려준다면 그대들이 우리를 쳐야 할 이유는 없다고 생각하오."

"그건 그렇지요."

"하여 우리는 그대들과 연합을 맺고 제국으로서의 주권을 그대로 이어나가고 싶소. 아까도 말했듯이 민주주의는 우리가 결정할 문제이오. 그대들이 간섭할 것은 아니라고 보오."

하진은 레비로스의 생각에 공감하였다.

"그래, 맞습니다. 그건 전적으로 공의 말이 맞지요. 다만, 앞으로 타 인종의 차별을 엄금하고 몬스터들의 터전을 존중하는 법령을 공표하고 싶습니다. 이 땅은 비단 우리만의 땅이 아니니까요."

"으음, 타 인종의 차별이라 함은 어떤 것을 말씀하시는 것이오?"

"그들에 대한 억압과 부조리이지요."

"그렇다는 것은 헤이슨 제국이 인간 단일국가로서 엘프들의 유입을 차단한다고 해도 별문제는 되지 않는다는 뜻이오?"

"만약 국가의 뜻이 그러하다면 어쩔 수 없지요. 하지만 타 인종과의 교류나 무역은 허가를 해주시지요."

"뭐, 그건 당연한 소리지. 우리도 장사를 해야 먹고살 것 아니오?"

하진은 드래곤 연방의 뜻과 대동소이한 헤이슨 제국이 앞으로 쿠르드의 유지를 받들어준다면 병탄을 접기로 한다.

"좋습니다. 아케인 제국의 병사들을 몰아내 드리겠습니다. 하지만 그들도 대륙의 일부분이니 만약 우리와 뜻을 같이한다면 무작정 무력을 행사할 수만은 없는 노릇입니다. 이 부분은 충분히 이해하시지요?"

"물론이오."

"그럼 이런 식으로 상호 불가침조약을 채결하고 서로 동맹을 맺음으로써 대통합의 시대를 열어나가도록 하시지요."

"고맙소."

하진은 자리에서 일어나면서 한마디를 덧붙인다.

"아 참, 신성 제국이 몰락할 것은 알고 계시지요?"

"…신성 제국이 말이오?"

"이미 드래곤의 군대가 그들을 몰아붙이고 있습니다. 앞으로 보름, 길어봐야 20일 안에 전쟁은 끝날 겁니다. 행여나 그들과의 이해관계가 있다면 청산하는 것이 좋을 것입니다."

"알겠소. 정보 고맙소."

하진이 떠난 뒤 레비로스는 계속해서 술잔을 기울였다.

*　　*　　*

아시스 연합국의 마지막 보루라 여겨지는 수도 아크렌으로 100만 대군이 모여들었다.

신병들의 훈련까지 마친 드래곤 연방은 보병 50만, 포병 20만, 해군 30만이라는 엄청난 무력을 틀어쥐게 되었다.

드워프 장인 6만 명이 매달린 군수품 생산을 인간에게까지 확대하여 그들에게 정식으로 일자리를 보급하였다.

이제 군수품 사업에 종사하는 사람은 대략 200만으로, 생활수준은 병사들보다 아주 조금 못 미치는 정도였다.

연방은 드워프 장인들에게 특허에 대한 인센티브를 지급하고 군수품 공장에 대한 지분을 나누어 줌으로써 평생 기술을 전수할 수 있도록 하였다.

그 밖에 농업과 공업, 광업, 수산업 등 폭넓은 분야로 사업을 확장하면서 일반인들이 국가 사업에 종사하여 평생직장을 얻게 된 것이다.

평생직장이 마음에 들지 않는 사람은 개인 사업을 펼칠 수 있고 국가에서 운영하는 공지가 아니라 사설 농지를 구매하여 개인 농업을 자영하는 사람도 있었다.

이제 드래곤 연방은 서서히 재화를 생산하고 국방력을 키워나갈 수 있는 자생력을 얻게 된 셈이다.

하진은 이제 마지막으로 남은 성곽을 바라보며 서 있었다.

그는 해리슨에게 물었다.

"가버와 엘린, 엠블라는 군에서 퇴역하여 낙향을 하고 싶다던데, 자네는 어떠한가? 전쟁이 끝나면 군에 남을 생각인가?"

"배운 것이 도둑질이라고, 제가 할 줄 아는 것이 이것밖에 더 있겠습니까?"

"자네는 좋은 지휘관이 될 걸세."

"아직 멀었습니다."

"내가 이곳에서 사라지게 되면 테르니온 제독을 잘 보필해주게. 그리고 테르니온 제독이 더 이상 힘을 못 쓰게 되면 자네가 그 뒤를 이어 군을 이끌어주게."

"사령관님, 우리를 떠날 생각이십니까?"

"나는 원래 이 세상 사람이 아니지 않나? 나도 내가 있던 곳으로 되돌아가야지. 내 아버지와 내 친구들, 그리고 이곳까지 나를 따라온 내 인연을 저버릴 수는 없지 않은가?"

"으음, 군의 공백이 클 겁니다. 앞으로 연방에도 큰 영향을 미칠 것이고요."

"알고 있네. 하지만 드래곤들이 단단히 자리를 잡아준다고 약속하였으니 큰 문제가 될 것은 없다고 보네."

"그렇군요."

해리슨은 자신이 더 이상 하진을 잡을 수 없음을 잘 알고 있었다. 하지만 그에 대한 아쉬움은 숨길 수가 없었다.

"가능하다면 그곳으로 되돌아가는 문제는 한번 재고해 주시지요."

"알겠네. 생각은 해보지."

"감사합니다."

하진과 해리슨은 이제 마지막 결판을 낼 전투를 준비한다.

"자, 그럼 신나게 퍼부어볼까?"

"좋지요."

"전 포대, 사격을 준비하라. 또한 현재 후방으로 진군 중인 해군에게도 진격을 명령하게."

"예, 사령관님!"

현재 드래곤 연합의 해군은 아시스 연합국의 후방으로 진격하여 포격을 준비하고 있었다.

만약 하진이 포격을 개시하게 되면 그들 역시 넓은 해안선에 무차별 포격을 가하고 해병대를 상륙시켜 도시를 점령하게 될 것이다.

라디오의 원리를 이용하여 만든 마정석 라디오 무전기는 350㎞ 밖에서도 소식을 들을 수 있는 광역권을 가지고 있기 때문에 협공이 가능하다.

하진의 명령에 따라 광역권 무전기가 해군에게 무전을 날렸다.

―치익, 여기는 드래곤! 바다사자 응답 바람!

―여기는 바다사자.

―드래곤이 진격한다. 바다사자는 작전을 수행할 수 있도록.

―알겠다.

무전을 끝마치자마자 포병들의 사격이 시작되었다.

"전 포대, 사격 준비!"

"준비 완료!"

"발사!"

―전 포병, 사격 개시.

무전으로 하달된 사격 개시 명령에 20만 포병의 화포가 일제히 불을 뿜기 시작했다.

쾅쾅쾅!

드넓은 성곽과 방어 성채, 심지어 내성까지 한 번에 타격하는 바람에 수도와 그 방어 위성도시가 동시에 무너져 내린다.

펑펑, 콰앙!

"제1번 성채, 궤멸입니다!"

"나머지 15개 방어 성채와 네 개의 위성도시 역시 불바다입니다. 이제 보병이 돌격해도 무방할 것으로 보입니다."

"좋아, 포병은 계속해서 보병들을 지원해 주고 보병들은 정해진 구역으로 신속하게 돌입하여 해당 지역을 점령할 수 있도록."

"예, 사령관님!"

하진은 자신의 상징과도 같은 드래곤 아이를 뽑아 들었다.

철컥!

"자, 그럼 한번 가볼까?"

"예, 사령관님!"

그는 각 부대에게 진격을 명령하였다.

"보병 부대는 각 지역으로 신속히 이동하라!"

"예!"

하진은 자신이 이끄는 연방 중앙군과 함께 신속히 돌격해 나갔다.

* * *

신성 제국 제2의 수도 아슈테니아로 드래곤과 몬스터 군단이 몰려오고 있었고, 성기사단은 그들을 막기 위한 방책에 대해 논의 중이다.

황제 루이슨은 대신관 루반에게 이 사태에 대한 조언을 구했으나 그는 묵묵부답으로 일관하고 있었다.

루이슨은 답답한 속내를 대신들에게 고스란히 내비추었다.

"…이대론 우리 신성 제국이 삽시간에 무너지고 말 것이다. 경들은 이 나라의 장수들이니 그에 대한 올바른 비책을 가지고 있을 것이라고 믿는다."

"폐, 폐하……."

오늘따라 유난히도 자신감이 없는 대신들을 바라보며 루이슨이 호통 치듯 말했다.

쾅!

"그대들은 이 나라의 장수들이 아닌가?! 거짓이라도 저들을 막을 비책에 대해 생각해 놓아야 하지 않겠나?!"

"하오나 폐하, 우리에겐 이미 승산이 없습니다. 성물을 도둑맞고 난 후엔 그 어떤 비책도 생각할 수가 없습니다. 저들의 군대가 워낙 막강한 데다 드래곤이 제공권을 장악하고 있어 기사들이 속수무책으로 죽어나가고 있습니다. 심지어 후방에서는 정체불명의 마공탄까지 날아들어 성벽이 유명무실해졌습니다. 우리가 저들을 막을 수 있는 방법은 사실상 없다고 봐야 합니다."

"…지금 그것을 말이라고 지껄이는 것인가?!"

"소신의 목을 치는 것은 아무래도 좋습니다만, 저들에게 항복하는 것 말고는 다른 방도가 없다는 것은 틀림없는 사실입니다."

루이슨은 지금까지 총 50회가 넘는 특작조 파견을 통해서 성물을 다시 되찾아오려 했으나 번번이 실패하여 모든 것이 수포로 돌아가고 말았다.

만약 지금 이 상황에 성물이 있다면 작은 기대를 걸어볼 만하겠으나, 그것이 아니라면 저들의 말처럼 패망 말고는 답이 없는 상태라 할 수 있었다.

"폐하, 현실을 직시하는 것이 옳은 줄로 압니다. 그나마 우리가 교권을 가지고 대륙 한 귀퉁이에서라도 살아남기 위해선 지금 항복하는 것이 낫습니다."

"…저들의 손아귀에서 놀아나면서 평생을 보내라는 것인가?"

"수천만의 백성들을 생각하시지요."

"백성들이라… 노예를 제외하고 나면 우리에게 백성이 얼마나 남아 있겠는가? 잘해봐야 천만이나 되겠나?"

"……."

"세상은 그런 것이다. 소수가 세상을 지배하지만 그 소수가 무너지고 나면 아무것도 남지 않는다. 이것이 바로 힘의 논리 아니겠나?"

루이슨은 신하들에게 결사 항전을 명령하였다.

"짐이 직접 나설 것이다. 모든 병력을 아슈테니아 성벽에 집중시키고 죽기 전까지 싸우자."

"그것이 명령이라면 죽음을 무릅쓰고 따르겠습니다. 하지만 항복에 대해서……."

"시끄럽다! 다시 한 번 항복을 종용하면 그대의 목을 짐이 친히 칠 것이다!"

지금과 같은 상황에서 가장 중요한 것은 군대의 사기인데, 장수가 이렇게 약한 소리를 해댄다면 병사들은 좌절하여 병장기를 들 힘도 남아 있지 않을 것이다.

루이슨은 검을 뽑아 들었다.

챙!

"나가자! 이곳에서 탁상공론이나 벌이고 있느니 차라리 한 명의 적이라도 더 해치우는 편이 나을 것이다!"

"예, 폐하!"

자리에서 일어선 루이슨이 전장으로 나서려는 찰나, 전령이 도착하였다.

"폐하!"

"무슨 일인가?"

"지금 아슈테니아로 포격이 날아와 성채와 성벽 20곳이 무너졌다고 합니다! 이제 적들은 마구잡이로 시가지까지 들이닥쳤습니다!"

"뭐라?!"

"어서 피하시지요!"

루이슨은 이제 드디어 자신의 마지막이 다가왔음을 직감하였다.
"…가자."
"예?"
"나가자! 우리는 기사다! 기사는 전쟁에서의 후퇴를 죽음보다 더 치욕스럽게 여긴다! 우리는 이곳에서 죽을 것이고, 그 이름은 역사에 남을 것이다!"
"예, 폐하!"
신하들 역시 더 이상의 굴욕을 맛보느니 차라리 죽음을 선택하려는 듯 보였고, 이제야 모든 국론이 전투로 모아졌다.
지금 신성 제국에게 남은 병사는 총 30만, 아마 오늘 이 모든 병력이 소진될 것이고 제국은 무릎을 꿇을 것이다. 하지만 이들은 죽을 때까지 항복이라는 단어는 꺼내지 않을 것이다.
루이슨이 검을 손에 쥔 채 돌격해 나갔다.
"짐을 따르라!"
"와아아아아아!"
죽을 자리를 향해서 달리는 그들의 발걸음은 오히려 가볍기만 했다.

* * *

아스카유는 신성 제국에게 항복을 몇 번이고 권유했으나

그들은 요지부동이었다.

더 이상의 희생을 원하지 않는 아스카유이지만 이제는 그들을 살려서 전쟁을 끝낼 방법은 남아 있지 않은 듯 보였다.

드래곤 연방의 후방에서 충원된 포병 5만이 성벽을 파괴하였고, 몬스터들은 유혈 입성으로 시가지를 점령하였다.

—쿠오오오오오!

"멈추지 마라! 오늘 전쟁을 끝낸다!"

아스카유를 따르는 15만의 몬스터들은 민간인과 군사들을 구별하여 사살하였는데, 이것은 몬스터들의 후각이 극도로 발달했기에 가능한 일이었다.

만약 일반 병사였다면 이렇게 복잡한 시가지에서 민간인과 병사들을 구분할 수는 없었을 것이다.

몬스터들이 시가지를 점령하고 있을 때쯤, 500명의 드래곤은 일제히 내성으로 진격하였다.

"드래곤 브레스로 성벽을 녹여 버린 후 남은 놈들을 하나씩 주살하는 것으로 하지."

"예, 아스카유 님."

—후우욱, 크아아아아앙!

드래곤의 브레스 500개가 성으로 날아가자 그곳에 남아 있던 모든 것이 눈 녹듯이 사라져 초토화되었다.

쿠구구구궁, 쾨앙!

아스카유는 황제를 필두로 모여 있던 병력 10만을 전부 소멸시켰고, 그중에서 살아남은 장수와 황제 루이슨을 발견하였다.

"쿨럭, 쿨럭!"

"저놈이군. 인간의 황제라 칭하면서 모든 인종을 핍박한 놈이 말이다."

루이슨은 자신의 머리 위로 드리워져 온 붉은 그림자를 바라보며 소스라치게 놀라고 말았다.

"허, 허억!"

"이런 미천한 인간 같으니, 네놈이 도대체 무엇이관데 같은 인간을 그리도 핍박했단 말이냐?!"

"…이런 괴물 같은 놈! 우리는 고귀한 혈통이다! 신의 뜻을 받은 우리가 대륙을 지배하는 것은 당연한 이치이다!"

"난 신에게서 그런 소리를 들은 적이 없는데?"

"뭐라?! 신성 모독이다!"

"신은 이 땅을 평등하게 창조하였다. 우리 드래곤은 그런 대륙을 지키기 위해 스스로 방관자가 되었건만, 네놈들은 분수를 모르고 날뛰더군. 조물주가 평등하게 창조한 이 땅을 너희들 마음대로 주무르는 것은 신성 모독이 아니란 소리인가?"

"……."

"권력이란 사람을 타락시키는 것이다. 신성이라는 두 글자를 제국의 칭호에 달았다면 그에 걸맞은 행실을 보였어야 했다. 하지만 네놈들은 그러지 못했다. 아니, 그렇게 할 수 있었음에도 그러지 않았지. 이는 죄악이며 씻을 수 없는 치욕이라 할 수 있을 것이다."

"닥쳐라, 이 괴물 같은 놈!"

"후후, 그래, 나는 괴물이다. 하지만 네놈들의 지금 꼬락서니를 좀 봐라. 이 얼마나 굴욕적이고 치욕스러운 광경인가 말이다."

"이, 이이……!"

아스카유는 끝까지 자신의 죄를 뉘우치지 않는 황제 루이슨에게 천벌을 내리기로 했다.

"네놈, 어차피 끝까지 용서를 빌지 않을 것이라면 지금 이 자리에서 죽여주마."

"헛소리를 지껄이는군! 내가 너를 죽이겠다!"

챙!

루이슨이 검을 빼어 들고 아스카유에게 휘두를 쯤, 그의 머리 위로 한 방울의 용암이 떨어져 내렸다.

치이이익!

"끄아아아아악!"

"용암은 머리를 뚫고 들어가 네놈을 아주 서서히 죽일 것이다. 네놈들은 그 작은 용암 한 방울조차 이겨내지 못하는 하찮은 존재이다. 그런 너희들이 인간들을 지배한다? 당치도 않는 소리다! 이 땅 위의 그 어떤 생명체도 누군가의 억압을 받아야 할 이유는 없다!"

"끄웨에에에엑……."

뇌를 시작으로 척추, 장기가 차례대로 녹아 죽어버린 루이슨의 몸은 이내 조금씩 떨리다 그 숨이 멈추었다.

이제 그의 곁에 남은 장수들과 병사들은 고통스러운 죽음을 맞을지, 죄를 뉘우치고 새사람이 될지 결정해야 하는 순간이 온 것이다.

아스카유는 그들에게 아주 차분한 어투로 물었다.

"너희들에게도 지배계층의 권력을 누린 죄가 있다. 하지만 그 죄를 뉘우치고 새사람이 되겠다면 목숨만큼은 살려주겠다. 그리고 백성들의 심판을 받아 죄를 씻고 나면 다른 사람들과 똑같이 자유민으로서 살아갈 수 있게 해주겠노라."

"…정말입니까?"

"물론이다. 우리 드래곤은 절대 거짓말을 하지 않는다. 그것은 만고불변의 진리와 같다."

루이슨의 최측근이며 드래곤 연방에게 항복을 종용하던 지상군 사령관 로미에르가 검을 놓았다.

쨍그랑!

"항복합니다. 나의 죄에 대해선 달게 그 값을 받겠습니다."

"그나마 올바른 생각을 가진 자가 있긴 있었군. 다른 자들은 항복할 생각이 없는가?"

"…저희들도 항복하겠습니다."

로미에르의 항복에 따라 모든 귀족과 병사들이 병장기를

내려놓았고, 신성 제국은 드디어 패망하여 그 왕조가 끊기게 되었다.

아스카유는 몬스터 군단과 드래곤들에게 승리의 소식을 알렸다.

"우리가 승리하였다!"

"와아아아아아!"

—쿠오오오오오!"

—크아아아아앙!

그는 몬스터 군단을 도시 밖으로 내보내어 숲에 주둔하게 한 후 드래곤 연방의 포병들로 하여금 전장을 정리하도록 지시하였다.

"시신을 수습하고 이곳에 드래곤 연방의 깃발을 내걸어라. 그리고 신성 제국의 칭호를 아슈테니아 공화국으로 명명한다. 이제부터 이곳을 수도로 정하고 기존의 수도에 공화정의 기반 시설들을 설치할 수 있도록 하라. 앞으로 아슈테니아 공화국의 앞길에 번영이 있으려면 한시라도 빨리 정부를 수립해야 한다."

"예, 아스카유 님."

이제 그는 하진과의 합류를 위해 남쪽으로 내려갈 준비를 서두른다.

"열 명의 드래곤이 이곳을 맡아주게. 연방군 포병들은 이곳에 남아 드래곤과 함께 도시를 재건하고 나라의 기반을 잡을 수 있도록."

"예, 알겠습니다."

그는 15만의 몬스터들을 이끌고 남쪽으로 향했다.

* * *

아시스 연합국의 수도 아크렌이 함락당하면서 연합왕조는 해체되어 그 명운을 다하게 되었다.

하진은 이곳에 노르테유 공화국을 설립하고 일곱 개의 공국을 하나로 통합하였다.

노예가 해방되고 귀족이 몰락하면서 새워진 노르테유 공화국은 드래곤 연방 군정이 임시로 통치권을 행사하게 되고 나라의 기틀이 잡히면 비로소 자치권이 생기게 될 것이다.

이곳에 10만의 병력을 배치하고 성벽을 모두 허물어 버린 하진은 노르테유의 시민들에게서 자원입대 신청을 받았다.

그리하여 생겨난 노르테유 군은 총 30만으로, 이들이 숙달된 훈련을 받고 나면 자주 국방력이 생길 것이었다.

일곱 개의 지역에 30개 군사훈련소까지 세운 하진은 앞으로 이곳에 군수공장과 기타 생산 시설을 확충할 수 있도록 아펠트 군도에 연락을 취해두었다.

이제 아펠트 군도의 전문가들이 북부와 서부 대륙에 공장을 세우고 새롭게 일자리를 창출해 낼 것이다.

그는 이제 마지막으로 남은 단 하나의 적인 아케인 제국을 향해 검을 겨누었다.

판테리아 계 서부 지역 남쪽 해안가에 모여든 100만 대군은 아스카유의 몬스터 군단과 조우하였다.

이제 드디어 인간과 드래곤, 몬스터가 함께 힘을 모은 진정한 연합군이 탄생하게 된 것이다.

아스카유는 군대의 지휘권을 하진에게 넘겼다.

"모든 드래곤과 몬스터들이 자네의 지휘를 받을 걸세. 나는 이번 전투 역시 그 비상한 지략을 이용하여 슬기롭게 끝낼 것임을 믿어 의심치 않네."

"최선을 다하겠습니다."

하진은 몬스터들을 태울 수 있는 수송선 150척을 추가로 동원하여 남부 대륙 원정을 꾸렸다.

그는 드래곤 아이를 높이 들었다.

챙!

"전군, 진군하라!"

"와아아아아아!"

마지막 전투를 승리로 이끌기 위한 하진의 군대가 진군을 시작하였다.

같은 시각, 아케인 제국의 원정군에 드래곤 연방군의 소식이 당도하였다.

그들이 차례대로 두 열강을 쳐부수고 몬스터까지 동원하여 남부로 내려온다는 소식이 그들에게 닿은 것이다.

칼번은 그들의 진군을 한차례 막아내고 별동대를 파견하여 헤이슨 제국의 북부를 치기로 했다.

"에란스 왕국에 진을 치고 무너진 성벽을 보수하라. 이곳에서 우리의 운명이 결정될 것이다."

"예, 폐하!"

에란스 왕국을 점령한 원정군은 헤이슨 제국의 제후국 네 곳을 점령하여 식량을 조달하고 군수물자를 확충할 생각이다.

칼번은 물자 조달을 위한 별동대 40만을 편성하여 바다를 건너도록 명령하였다.

"우리가 농성할 수 있는 최대한의 물자를 털어오라. 그들이 이곳에 닿기 전까지 그 나라를 수탈하는 것이다."

"예, 폐하! 명을 받듭니다!"

그는 어차피 이 전쟁이 쉬울 것이라고는 전혀 생각하지 않고 있었기에 원정에서의 고생쯤은 아무렇지도 않게 생각했다.

다만, 병사들의 사기가 조금이라도 주춤할까 마음껏 권력을 즐기도록 해주었다.

"여봐라, 술과 여자를 풀어 병사들을 위로하라."

"예, 알겠습니다!"

칼번은 자신이 포로로 잡은 에란스 왕국의 왕비를 대령하도록 명령했다.

"에란스의 암캐를 데리고 오라."

"예, 폐하!"

잠시 후, 실오라기 하나 덜렁 걸친 에란스 왕국의 왕비 켈리나가 족쇄를 찬 채 걸어 나왔다.

이 세상에서 가장 아름다운 종족이라는 엘프 중에서도 최상급에 속하는 그녀의 미모는 가히 압권이라 할 만했다.

칼번은 표독스러운 그녀의 눈을 바라보며 말했다.

"여전히 짐에게 다리를 벌릴 준비가 되지 않더냐?"

"…더러운 인간 놈 같으니! 네놈들은 하늘에서 천벌을 내려 죽일 것이다! 퉤퉤퉤!"

그의 얼굴에 침을 세 번이나 뱉은 켈리나는 악을 쓰며 칼번에게 달려들었다.

"죽어라!"

"이런……!"

병사들은 그녀를 제지하려 했으나, 칼번은 손을 들어 그들을 만류하였다.

"가만."

"예, 폐하!"

"죽어! 죽으라고!"

족쇄를 찬 상태에서도 칼번을 죽이겠다며 손톱을 들이댄 그녀에게 소드 마스터의 주먹이 날아왔다.

퍼억!

"콜록, 콜록!"

하지만 그의 주먹은 직접 닿은 것이 아니었고, 순수한 권풍만으로 그녀의 복부를 강타한 것이다.

"후후, 그 아름다운 얼굴이 생채기를 낼 수는 없지. 그렇게 되면 감흥이 떨어지지 않겠나?"

"…차라리 죽여라!"

"그럴 수야 있나? 아직 즐길 거리도 제대로 맛보지 못했는데!"

칼번은 그녀의 옷을 거칠게 찢었다.

좌락!

"으윽!"

"크흐흐, 오늘 아주 제대로 된 저녁을 먹겠군!"

"흑흑, 나를 죽여라! 죽이란 말이다!"

"그래, 계속해서 지껄여라. 그래야 더욱 즐길 맛이 나지 않겠나?"

그는 병사들이 보는 앞에서 켈리나를 몇 번이고 범하였다.

그리고 몇 시간 후, 켈리나는 축 늘어진 채 병사들의 손에 끌려 나갔다.

"……."

"앙칼진 년이군."

"폐하, 저 여자를 이렇게 겁간하면 협상은……."

"협상은 없다. 우리는 대륙 최강의 사내들이다. 협상 따윈 해선 안 된다. 알겠나?"

"예, 폐하!"

그는 켈리나라는 마지막 협상의 카드를 버림으로써 신하들을 궁지로 몰아넣었다. 이제 그들의 입장에서도 결사 항전을 벌이지 않으면 안 될 상황에 이르게 된 것이다.

더 이상 물러설 곳도 없는 상황, 칼번은 병사들과 함께 한껏 취하여 홍을 돋우기로 했다.

"나가자! 병사들과 함께 술과 여자를 즐길 것이다!"

"예, 폐하!"

그의 거침없는 발걸음이 도시의 시가지로 향했다.

제7장

멸망과 건국,
그리고 새롭게 시작되는 역사

아케인 제국군이 주둔 중인 에란스 해협으로 연방군 함대가 접근 중이다.

쇄아아아아!

에란스 해협에는 이미 아케인 제국군의 함대와 새롭게 전열을 가다듬은 해안포가 줄을 지어 서 있었다.

그러나 무려 100척이 넘는 전함이 내뿜는 40인치 함포의 위력 앞에 속수무책으로 당할 수밖에 없었다.

퍼엉!

콰앙!

"제1 함대, 적의 포격에 당해 침몰했습니다!"

"뭐라?!"

"제2 함대와 제3 함대 역시 적과 교전을 치르고 있습니다만, 얼마 못 가서 침몰할 것으로 보입니다!"

"우리의 함포가 먹히지 않는 것인가?"

"씨알도 먹히지 않습니다. 저놈들은 배 자체를 철갑으로 만들었기 때문에 우리의 대포와 화살은 전혀 통하지가 않습니다!"

"그렇다면 마공 소총은 어떠한가?"

"그나마 마공 소총이 피해를 줄 수 있기는 하지만 워낙 사정거리가 짧아서 그것도 소용이 없습니다. 마법사단은 바다에서 전투를 치를 수 없기 때문에 전력에 보탬이 되지 않습니다."

"제기랄!"

아케인 제국의 해군 사령관 치레토 백작은 더 이상 이곳에서의 싸움은 무의미하다고 느꼈다.

"전군, 해안가로 후퇴한다!"

"폐하께서 후퇴하는 장수에겐 전부 할복을 명령하겠다고 하셨습니다! 후퇴는……."

"그렇다고 여기서 다 죽자는 소리인가? 자네의 목숨은 그렇다 치고 병사들의 개죽음은 어떻게 할 것인가?"

"으음……."

"전함을 모두 해안가로 돌린다! 그리고……."

치레토 백작이 열변을 토하고 있을 무렵, 그의 옆구리로 한 자루의 칼이 날아들었다.

푸욱!

"허, 허어억!"

"제독께선 정절을 버리셨소. 이대로 돌아가면 다 개죽음이니 지금까지 쌓은 전공이고 뭐고 다 소용이 없어진단 말이외다."

"…사령관을 죽이고 적들과 기어이 싸우겠단 말인가?!"

"우리에겐 화포보다 강력한 신념이라는 것이 있소. 그대와 같은 사이비 군인은 결코 가질 수 없는 것들이지.

"미쳤군! 지금 이 싸움이 얼마나 무모한 것인지 자네들이 가장 잘 알고 있지 않나?!"

"잘 알지. 하지만 여기서 멈추기엔 너무 멀리 와버렸소."

"……."

"잘 가시오."

뚜두두둑!

"끄으으으윽!"

치레토의 몸통에 틀어박힌 검이 시계 방향으로 틀어지자, 그의 장기들이 함께 돌아가며 소장과 대장이 전부 다 끊어져 버렸다.

이제 치레토는 더 이상 살아서 움직일 수가 없는 상태가 되어버린 것이다.

그를 칼로 찌른 부사령관 쉬멕스 자작이 지휘봉을 잡았다.

"전군, 진군한다."

"예, 제독!"

"우리에게 후퇴란 있을 수 없다. 그러니 죽더라도 전진하여 적들의 손아귀에 목이 따여 죽는 것이다. 알겠나?"

"예!"

"돌격!"

"전 함대, 돌격!"

뿌우!

뿔나팔 소리와 함께 전진하는 아케인 해군에게로 적의 포화가 떨어지기 시작했다.

슈웅, 콰앙!

"크하아악!"

"제독, 우측 날개를 잃었습니다!"

"상관없다! 그대로 돌격한다!"

"예!"

화포가 한 번 쏟아질 때마다 무려 50척이 넘는 배가 바다 깊숙한 곳으로 사라져 버렸지만 그는 개의치 않았다.

그저 전진뿐, 그에게 있어서 군인이란 그저 죽음을 위해 내달리는 폭주 기관차와 같은 것이었다.

"노예들을 더욱 거칠게 채찍질하라!"

"예!"

지하에서 노를 젓고 있는 노예들에게는 더욱 모질고 거친 매질이 이어질 것이고, 그럴수록 함대는 더욱 힘을 받아 앞으로 힘차게 나아가게 될 것이다.

그러나 어느 한순간, 배가 더 이상 앞으로 나아가지 않게 되었다.

"제, 제독! 큰일입니다!"

"……?"

"아무래도 적들이 우리 함대로 침투하여 노예들을 빼간 것 같습니다!"

"뭐라?!"

"이제 곧 바람이 반대로 불 것입니다! 더 이상 앞으로 나아갈 수는 없습니다!"

"이런 제기랄!"

그는 다급한 마음에 기함의 지하실로 내려가 보았는데 그곳에는 이미 구멍이 뻥 뚫려 있었다.

훤히 뚫린 구멍을 바라보는 그의 마음에도 구멍이 뚫리고 만다.

"이런 빌어먹을! 도대체 노예 관리를 어떻게 하기에 일이 이 지경까지 온 것인가?!"

"죄, 죄송합니다!"

"…상관없다! 어차피 우리는 이곳에서 물러설 수가 없고 저들은 우리의 본대를 노릴 것이니 최소한 대치 상황은 만들 수 있겠지."

"그럼 이곳에서 계속 농성을 펼칩니까?"

"할 수 있는 모든 수단을 다 동원한다. 저들도 백병전에는 어쩔 수 없을 테니 바람의 방향이 바뀔 때를 노려 충각전술을 펼친다."

"예!"

과연 이 상황에서 충각을 이용한 백병전이 통할지는 미지수지만 그에게 남은 선택의 여지는 없었다.

그는 죽을 각오로 배를 몰아갔다.

*　　*　　*

드래곤 연방은 수중 몬스터들과 수중 생활을 하는 실버 드래곤, 블루 드래곤이 직접 전장으로 투입되어 노예들을 구출하였다.

블루 드래곤은 사막지대에 둥지를 틀기도 하지만 바다에도 서식하기 때문에 최대 5개월까지 잠수가 가능하다.

실버 드래곤은 원래 물에서 자생하는 종족인데, 아가미가 달려 있어 물속에서도 숨을 쉴 수 있으며 폐로도 숨을 쉬기 때문에 지상에서도 생활이 가능했다.

총 85만에 이르는 노예를 구출한 하진은 그들을 수송선에 싣고 후방으로 호송했다.

“대단하군. 그 좁은 배에 이렇게 많은 노예를 싣고 달렸다니 말이야.”

“아마 조금이라도 더 빨리 전진하려는 심산이었겠지요. 아무튼 저놈들의 머리는 일반적인 상식으로는 도저히 이해를 할 수 없습니다.”

하진과 해리슨은 피투성이가 되어 있는 노예들을 바라보며 경악을 금치 못했고, 더 이상 그들을 바다에서 데리고 있을 수 없다고 판단하여 호송한 것이다.

아마도 이 세상에 악마가 있다면 바로 아케인의 그놈들이라고 생각하는 하진과 해리슨이다.

그는 자신들의 앞을 막아선 적의 함대를 무차별 포격하기로 했다.

“이제 저놈들의 배를 마음껏 격추시켜도 된다. 노예는 전부 구출했으니 함대를 살려둘 필요가 없지 않겠나?”

“예, 그렇습니다.”

“전 함대, 사격을 개시한다.”

“예!”

지금까지 하진은 배를 골라서 격추시키고 있었는데, 노예들을 구출한 배만 골라서 사격하다 보니 시간이 꽤 오래 걸렸다.

그러나 이제는 그럴 필요가 없으니 사격에 손속을 두지 않아도 되었다.

펑펑펑!

콰앙!

"40인치 함포, 전력으로 사격합니다!"

"모두 다 쓸어버리고 적진을 향해 돌격한다!"

적의 함선들이 포격을 맞아 하나둘 침몰하는 바로 그때, 바람의 방향이 바뀌었다.

휘이이이잉!

"역풍이 붑니다."

"아마도 놈들이 여전히 미쳐 있다면 돌격을 해오겠군."

"기관총, 사격 대형을 갖추겠습니다."

"그리하게."

하진의 예상대로 적들은 바람의 방향이 바뀌자마자 배를 몰아 드래곤 연합의 함대로 미친 듯이 돌격해 왔다.

쏴아아아아아아아!

고속정과 전함은 그들이 돌격하는 방향으로 기관총을 무차별적으로 난사하기 시작했다.

두두두두두두두두!

퍽퍽퍽퍽!

"크허어억!"

"버텨라! 조금만 더 버티면 놈들과 백병전을 벌일 수 있다!"

"와아아아아아아!"

적의 숫자가 줄어드는 만큼 그들의 기합 소리는 점점 더 커

져가고 있었다. 실로 놀라운 투지가 아닐 수 없었다.

"후후, 투지는 그저 투지일 뿐."

적의 병력이 배를 가까이 붙이면 붙일수록 기관총의 정확도가 높아져 더 많은 인원이 죽어나갔다.

퍽퍽퍽!

"쿨럭, 쿨럭!"

"이거야 원, 아주 학살 수준이군."

"시끄럽다! 이제 가시거리 안에 적진이 들어왔다! 사다리를 걸고 돌격하라!"

"와아아아아아!"

아케인 해군이 고속정과 전함에 배를 대고 강하를 시도하자, 해군은 소총으로 그들을 마구 쏘아붙였다.

두두두두두!

"크허억, 크헉!"

"더 이상 넘어오면 다 죽는 것이다!"

"흥! 죽음을 두려워했다면 이런 싸움을 벌이지도 않았을 것이다!"

후퇴와 죽음은 아예 신경도 쓰지 않는 그들의 투지는 결국 병력이 하나도 남지 않게 되었을 때까지 이어졌다.

백병전을 유도하고 무차별 사격을 가한 지 대략 30분 후, 적의 함대는 텅텅 비어 귀곡성만이 들려오고 있었다.

하진은 배를 모두 뒤져 군량과 보급 물자만 빼고 함대를 모두 불태워 버릴 것을 명령했다.

"저들에게도 장례식은 필요하겠지. 배와 함께 시신을 전부 불태우고 군량만 챙기도록."

"예, 사령관님."

일방적인 학살로 끝이 난 전투에 마음이 좋지 않았지만 그들을 가만히 내버려 둘 수는 없는 노릇이다.

하진은 함대를 이끌고 계속해서 전진했다.

*　　　*　　　*

아케인 제국의 함대가 전쟁에서 대패한 후, 제국군의 사기는 바닥으로 떨어지고 말았다.

칼번은 병사들의 사기 진작을 위하여 갖은 노력을 다하였으나 드래곤 연방의 포격은 가히 전율과 공포 그 자체였다.

쿵쿵, 콰앙!

"또 시작이군."

"이러다간 우리 군의 막사까지 불길이 번지겠습니다! 폐하, 후퇴를……."

칼번은 자신에게 후퇴를 종용하는 신하를 노려보았다.

"…지금 뭐라 하였는가?"

"이대로라면 우리 제국군에게 미래는 없습니다! 차라리 후퇴하여 후일을 도모하는 편이……."

바로 그때, 에네스의 검이 그의 목덜미를 관통하였다.

퍼억!

푸하아아아악!

피를 뒤집어쓴 에네스는 그의 머리를 칼로 난도질한 후 그 가죽을 벗겨 군부의 수장들 앞에 던져 버렸다.

투욱.

"……!"

"다시 한 번 어전 앞에 상스러운 소리를 늘어놓는 이가 있다면 이와 같이 될 것이외다. 모두들 명심하시는 것이 좋을 것이오."

에네스의 소름 끼치는 살해 현장을 바라보는 장수들의 눈에는 공포감이 가득 차 있었었고, 그것을 바라보는 라이너스의 동공도 잠시 흔들렸다.

그는 지금까지 에네스를 꽤 오랜 기간 보아왔다고 생각했으나, 그가 이런 엄청난 광기를 가지고 있다고는 전혀 상상도 하지 못했다.

'지금까지 이런 광기를 어떻게 감추고 있던 것이지? 만약 이것을 일부러 숨긴 것이라면……'

라이너스는 자신이 호랑이 새끼를 키운 것이 아닌가 하는 걱정이 들었으나, 칼번과 라이오니슨은 오히려 그의 광기를 무척이나 반겼다.

"그래, 군부의 수장은 이래야 한다! 어딜 감히 후퇴를 종용하는가?! 모두들 부마의 절반만이라도 닮아보시오!"
"험험!"
라이오니슨은 칼번에게 기병을 이끌 수 있는 권한을 달라 요청했다.
"폐하, 신 라이오니슨, 기병대를 이끌고 놈들의 배후를 치겠습니다! 소신에게 기병 15만을 내어주십시오!"
"자신 있는가?"
"승리하지 못하면 그 자리에서 자결할 것입니다."
"그래, 좋다! 죽음을 각오한 장수보다 더 무서운 것은 없지. 라이오니슨에게 기병대 15만을 지원하고 병장기를 지급하라."
"예, 폐하!"
라이너스는 라이오니슨 역시 이 전황이 상당히 불리하게 돌아가고 있음을 인지했다고 생각했다.
지금 그가 성문을 열고 나가 적의 옆구리를 치겠다는 것은 이 상황을 뒤집기 위해선 어떻게 해서든 병사를 움직여야 한다고 생각했기 때문일 것이다.
'형님도 분명 불안한 것이다. 그렇지 않고서야 이렇게 목숨을 걸고 면전으로 나설 리가 없지.'
라이오니슨은 군부의 총사령관이다. 어려서부터 전쟁터에서 자랐고 평화로운 날보다 전쟁을 치르는 날이 더 많던 라이오니슨은 어떻게 해야 전쟁에서 승리하는지 잘 알고 있었다.
그는 무인 특유의 감과 총사령관의 책임감 때문에라도 전투에 나선 것이다.

챙!

“아케인 제국에 영광이!”

절대무신이라 불리는 21대 왕 루비안투의 검을 조부로부터 물려받은 라이오니슨은 무인으로서의 긍지를 가지고 있었다.

검을 뽑아 든 그의 표정에 결연함이 가득했고, 칼번은 자리에서 일어나 그의 인사를 받았다.

“아케인 제국에 영광이!”

부자가 서로 결의를 나누고 나니 장수들의 사기 역시 꽤나 많이 올라간 모양이다.

눈빛부터 의욕적으로 변한 장수들에게 칼번이 외쳤다.

“적들이 우리를 무너뜨리기 위해 발악하고 있지만 변하는 것은 없다! 우리 제국은 세계 최강의 군대이며, 우리를 쓰러뜨릴 수 있는 놈은 아무도 없다!”

“아케인 제국에 영광이!”

“모두들 나가 싸워라! 승리는 우리의 것이다!”

“충!”

칼번이 자리에서 일어서자 라이너스는 각자 장수들에게 당부할 점에 대해 설명했다.

“어차피 성벽은 유명무실하다. 이곳의 성벽을 그때그때 보수하고 있기는 하지만 조만간 저놈들이 성벽을 뚫고 들어올 것이다. 그러니 일반적인 방법으로는 방어가 불가능하다.”

"그럼 어찌해야 합니까?"

"시가지를 최대한 이용하고 가능하다면 민가까지 전부 사용할 수 있도록."

"그리하면 민간인들이 다 죽을 겁니다."

"언제부터 우리가 전쟁에 남의 나라 백성까지 생각했단 말인가?"

"으음……."

"어차피 우리의 약탈 행위로 인해 저들은 엄청난 반감을 가졌을 것이다. 앞으로 저들이 우리의 백성이 될 것이라는 생각은 버려."

"예, 알겠습니다."

라이너스는 노예 병사 징집을 맡긴 장수를 불러냈다.

"노예 병사 징집은 어찌 되었나?"

"현재 50만을 징집했습니다."

"뭐라? 왜 그렇게 사람이 적어? 귀족이고 자유민이고 그냥 닥치는 대로 잡아들이라 명하지 않았던가?"

"해상 전투로 수많은 노예가 끌려 나가 사람이 없습니다. 그나마 15세 이하의 소년들은 아직 전투에 나가기엔 적합하지 않습니다."

"빌어먹을. 눈먼 전투에 사람을 잃어 싸울 병력이 없다는 것이 말이 되는가."

"어찌할까요?"

"일단 그놈들이라도 내보내고 전황을 살피도록 하지."

"예, 알겠습니다."

"다시 한 번 말하지만 개활지에서의 전투는 절대적으로 피해야 한다. 알겠는가?"

"예!"

라이너스는 다소 불안한 시선으로 적의 포화를 바라보았다.

'과연 우리의 운명이 어찌 될지…….'

그는 이제 모든 것이 신의 뜻에 달렸다고 생각했다.

* * *

에란스 왕국의 수도로 드래곤 연방의 병사들이 들이닥쳤다.

콰앙!

"성문이 뚫렸다! 전군, 진격하라!"

"제1 대대, 앞으로!"

드래곤 연방군의 가장 큰 특징은 마구 돌격하며 싸우는 전쟁보다는 적절히 지형을 이용하면서 싸운다는 것이다.

수적으로 한참 우위에 있다고 해서 방심했다간 몰살을 당한다는 것이 하진의 철칙이기에 은, 엄폐를 기본으로 하는 전술 보행을 기본으로 한다.

포병들이 후방 대기를 하고 있는 동안 보병들과 해병대가 시가지로 들어와 가택을 수색하고 적의 잔당이 있는지 확인해 보았다.

"제1 대대, 가택을 수색한다!"

"예!"

사방으로 흩어져 수색을 벌이던 병사들에게서 무전이 날아들었다.

—치익, 가택에 적이 숨어 있습니다!

—여기는 제2 중대, 칼에 맞은 인원이 있습니다!

—적이 화살을 쏘아 목을 스쳤습니다!

여기저기에서 적이 산개해 있다는 소식이 들리자, 하진은 전략을 바꾸어야 할 필요성을 느꼈다.

"아무래도 적의 참모장이 수를 쓴 것 같군."

"차라리 가택을 전부 다 불태울까요?"

하진은 고개를 가로저었다.

"그건 저놈들을 구석으로 몰아붙이는 동시에 우리가 이곳에 고립될 수도 있다는 것을 뜻한다."

"그럼 어찌해야 할까요?"

"후방부터 천천히 처리하는 방법이 있지."

"……?"

하진은 기사들 중에서 체력과 무력이 뛰어난 사람들을 추려 특작 부대를 꾸리기로 한다.

그는 해리슨에게 낙하산의 대략적인 설계도를 건네며 말했다.

"마을에서 구출한 여인들이 아직 군의 보호를 받고 있나?"

"예, 호송을 기다리고 있는 것으로 압니다."

"그녀들에게 바느질로 이것을 만들 수 있는지 수소문해 보게."

"이게 뭡니까?"

"하늘에서 안전하게 떨어져 내리는 도구라네."

"하, 하늘이요?"

"지상을 놈들이 막아섰다면 하늘에서 떨어져 내리면 될 것 아닌가?"

"……!"

하진은 자신이 특전사에서 쌓은 전투 경험을 바탕으로 강하에 적합한 낙하산의 설계도를 만들어낸 것이다.

한때는 자신의 생명과도 같던 낙하산에 대해선 모르는 것이 없는 하진이니 그것을 생산하는 것도 불가능한 것은 아니었다.

그는 이제 비행기를 대신할 몬스터들을 섭외하기 위해 아스카유를 찾아가기로 한다.

* * *

아스카유는 하진의 작전에 대해 듣고 나더니 이내 좋은 방법을 고안해 냈다.

“북방에 사는 몬스터 중에는 사람 열 명을 태울 만한 덩치를 가진 비행형 몬스터들이 있다고 들었네. 그들을 데리고 가도록 하지.”

“지금 당장 섭외가 되겠습니까?”

“안 될 것 있나?”

아스카유는 나타샤를 호출했다.

“부르셨습니까?”

“자네의 친구가 도움이 필요하다네.”

“쿠르드?”

“비행형 몬스터가 필요합니다.”

하진에게 대략적인 설명을 들은 그녀는 단박에 한 종의 몬스터를 지목했다.

“그레이트 호크가 딱이겠군.”

“그들을 지금 당장 데리고 올 수 있으십니까?”

“물론이지. 지금도 전투를 기다리며 대기하고 있으니 데리고 전투에 나가면 그만이야.”

“그렇군요. 그렇다면 낙하산이 완성될 때까지 적당히 합을 맞추었다가 전투에 나서는 것으로 하시지요.”

“그래, 그렇게 하자고.”

일을 모두 마무리 지은 하진이 돌아서려던 그 순간, 나타샤가 그를 붙잡았다.

"이봐, 쿠르드."

"……?"

"나와 함께한 기억은 전부 다 가지고 있는 거지?"

하진은 아무런 말이 없었고, 나타샤는 입술을 짓깨물었다.

"…나와의 추억을 가지고도 지구로 돌아가겠다는 거야?"

"……."

"말해봐. 정말로 갈 거야?"

아스카유는 나타샤를 만류하였다.

"모든 일에는 정해진 수순이라는 것이 있다네. 가우스트도 자신이 원래 살던 곳이 있는데 고향으로 돌아가고 싶지 않겠나?"

"그렇긴 하지만……."

"쿠르드가 원한 것은 가우스트가 이곳에서 계속 갇혀 사는 것이 아니야. 잘 알잖나?"

"……."

하진은 어색하게 웃었고, 나타샤는 획하고 고개를 돌렸다.

"흥! 꺼져 버려!"

"미안합니다. 당신의 추억에 대해 몰랐으면 좋았을 것을요."

"됐으니 그냥 꺼져 버려!"

아스카유는 그의 어깨를 두드려 주었다.

"괜찮으니 그만 가보게."

"예."

하진이 떠난 후 아스카유는 나타샤에게 이런저런 얘기를 해주면서 그녀를 설득했다.

제8장

평화를 위하여

늦은 밤, 비가 내리려 한다.

휘이이이잉!

바람은 거칠고 공기는 축축했으며 밤하늘의 별은 자취를 감추어 달빛마저도 한쪽으로 기울어져 있었다.

칠흑 같은 어둠을 뚫고 한 무리의 날짐승들이 바람처럼 날아가고 있다.

솨아아아아!

유리로 만든 강하용 고글을 쓴 100명의 사내들이 자신들의 가방을 만지작거리며 외쳤다.

"장비 확인!"

“10번 이상 없음!”

“9번 이상 없음!”

“8번 이상 없음!”

각각 열 명씩 짝을 지은 사내들은 오로지 한 지점만을 뚫어지게 쳐다보며 각자의 생명 줄이 잘 붙어 있나 확인했다.

그중에서도 유난히 검은색 머리카락을 가진 사내는 가장 먼저 바닥을 향해 거침없이 뛰어내렸다.

“강하!”

“1번 강하 완료!”

“강하!”

“2번 강하 완료!”

하진은 자신이 군에서 배운 대로 차근차근 기사들을 훈련시켜 100명이라는 가장 이상적인 공수부대를 만들어냈다.

이제 이들은 하진을 따라서 적진 깊숙이 침투할 것이고, 그것은 아케인 제국군을 무너뜨리는 구심점 역할을 하게 될 것이다.

1만 피트 상공에서 떨어져 내린 하진은 기류를 타면서 낙하산을 펼칠 기회를 엿보고 있었다.

‘…55, 56, 57…….’

천천히 속으로 숫자를 헤아리던 하진은 자신이 생각한 고도가 되었을 때 곧바로 낙하산을 펼쳤다.

펄럭!

식민지 곳곳에 남아 있던 실크를 전부 다 털어서 만든 이 낙하산은 일전에 그가 사용하던 것과는 생각보다 차이가 있어서 실전에 사용할 때까지 꽤 많은 시행착오를 거쳤다.

하지만 그 어떤 것보다도 경험을 토대로 얻어낸 자료는 시행착오를 돌파하는 가장 큰 무기가 되었다.

하진은 낙하산을 펼쳐 적의 최후방에 안착하였다.

촤락!

바닥에 안착하자마자 낙하산의 줄을 끊어버린 하진은 마법무전기로 부대원들의 위치를 확인하였다.

"여기는 알파, 각 부대원들은 응답하라."

—여기는 브라보, 10명 모두 이상 없음.

—델타 인원 이상 무!

하진이 한참 무전으로 인원 보고를 받고 있을 무렵, 그에게로 아홉 명의 사내가 다가왔다.

"사령관님!"

"모두들 멀쩡히 살아 있었군."

"물론입니다."

"다행이야. 이로써 절반은 성공한 셈이군."

첫 번째 실전 강하에서 혼선을 빚지 않고 이 정도로 안정적인 출발을 갖는다는 것은 생각보다 쉽지 않은 일이다.

잠시 후, 케레니슨을 비롯한 아홉 명의 분대장이 하진을 찾아왔다.

"대장, 아홉 개 조 모두 이상 없다."

"좋다, 이대로 적진으로 깊숙이 침투한다. 각 사수들은 자신의 위치를 정확하게 지키고 장비 점검을 철저히 할 수 있도록."

"예, 대장님!"

특공대의 대장을 맡은 하진은 열 개로 나뉜 조를 무전기로 지휘하며 침투 작전을 실시하였다.

실프의 정령 마법을 담은 마정석으로 만든 이어마이크로 무전을 주고받는 이들의 모습은 거의 현대의 특수부대와 비슷했다.

—치익, 여기는 델타, 전방에 적 출현.

"각 분대의 저격수, 사격 준비."

—바람을 읽고 있다. 잠시 대기…….

케레니슨은 드워프들이 만든 풍향기와 습도계 등을 이용하여 저격수들의 사격 통제와 사격 제원을 산출해 주는 역할을 맡았다.

—좌측 2밀 보정, 3초 대기.

—입감했다.

—카운트하겠다. 3, 2, 1, 발사!

핑핑핑!

마정석 소음기가 총기의 격발 음을 잡아주어 아주 안정적이면서도 조용한 사격이 가능해져 저격수의 사격에도 불구하고 이 소리를 들을 수 있는 사람은 아무도 없었다.

피융!

"컥!"

—목표물, 일제히 제거되었다. 모두들 잘했다.

—입감, 계속해서 전진하겠음.

하진은 이제 부대원들을 이끌고 다시 신속하게 적진으로 접근해 나갔다.

아케인 제국은 지금 전방에 거의 모든 병력을 다 배치해 놓고 후방에는 물자 보충을 위한 보급 부대만 대기 중이었다.

그들은 전투 능력이 다소 떨어지는 부대이기 때문에 백병전을 벌인다고 해도 충분히 제압이 가능할 것이다.

하진은 최후 방어선이자 유일한 경계조인 적의 초병들을 모조리 사살하고 단숨에 병참기지까지 접근하였다.

"전방에 병참기지가 보인다. 총 155개의 막사로 되어 있는 병참기지를 2인 1개 조로 불태우고 대략 0.5~1㎞ 앞에 있을 것으로 예상되는 보급기지에서 다시 집결한다."

—입감!

"전 부대, 이동!"

아케인 제국은 전쟁의 역사를 통해서 다져진 나라이니만큼 빠른 기동과 병참기지의 간소화가 잘 이뤄져 있었다. 하지만 이것은 다시 말해서 군량을 불태우기가 상당히 간편하다는 말이기도 했다.

하진은 기사 에밀튼과 함께 조를 이뤄 자신에게 하달된 막사 두 개를 불태우기로 했다.

치익, 치익!

화르르륵!

인화성 물질이 묻은 심지에 불을 붙이자, 블랙 미스릴 폭약이 가득 든 폭약이 서서히 폭발을 향해 타들어간다.

“폭발합니다!”

“다음 기지로 넘어간다!”

“예!”

일이 진행되는 데 걸리는 시간은 막사 당 5초, 이것은 작전이 이뤄지기 전에 미리 계획해 두고 철저히 훈련된 부분이기 때문에 절대로 폭발 시간이 다를 수가 없었다.

첫 번째 막사에 불을 붙여놓고 곧바로 다음 막사에 불을 붙이고 나오면 총 4초, 그 나머지 1초는 폭발에서 안전한 구역까지 대피하는 시간이다.

이 모든 시간을 지키지 못하면 옆 사람이 다치거나 자신이 죽을 수도 있기 때문에 최대한 신속하게 움직이는 것이 관건이다.

두 번째 폭약까지 설치한 하진은 신속하게 대피 장소로 이동했다.

“달려!”

“예!”

재빨리 몸을 날려 폭파 현장에서 빠져나온 하진은 계속해서 걸음을 멈추지 않고 보급기지까지 내달렸다.

파바바밧!

그는 대략 1㎞ 앞에서 병참기지를 지키고 있는 병사들과 마주쳤고, 단도로 그들의 목을 그어버렸다.

촤락!

"크헉!"

총 네 명의 수비 병력은 하진이 달리는 와중에 단도를 휘둘러 죽였기에 큰 방해물은 되지 못했다.

잠시 후, 그는 병참기지 안으로 숨어들어 각 분대에 무전을 날렸다.

"여기는 둥지, 각자 분대의 상황을 보고하라."

—여기는 브라보, 작전 성공.

—델타, 작전에 이상 없음.

총 아홉 개의 분대가 모두 작전을 성공으로 이끌었기에 다음 작전으로 넘어가는 데 전혀 지장이 없을 것으로 보였다.

하진은 다시 한 번 같은 방법으로 50개의 보급기지를 불태우기로 한다.

"보급기지 폭파 작전을 진행한다. 신속하게 움직일 수 있도록!"

—입감!

보급기지는 병참기지와 다르게 크기가 꽤 크긴 하지만 그

숫자가 훨씬 적기 때문에 작전을 실행하는 데 오히려 더 수월한 면이 있었다.

하진과 에밀튼은 각자 폭약을 세 개씩 꺼내어 병참기지의 벽면에 붙인 후 탈출을 감행했다.

화르르르륵!

"불이 붙었습니다!"

"어서 나가도록 하지."

"예!"

심지에 불을 붙여놓고 재빨리 막사 밖으로 튀어나온 하진은 에밀튼과 함께 퇴로를 향해 내달렸다.

"허억, 허억!"

제아무리 뛰어난 전투력과 강력한 무기를 가졌다고 해도 수십만에 이르는 아케인 제국의 대군을 맞아서 살아남을 수 있을 확률은 없었다.

때문에 하진이 이곳을 떠날 때엔 성벽 외곽으로 피신한 다음 아군의 엄호를 받으면서 퇴각해야 한다.

하진은 대략 30분 만에 퇴로에 도착하였고, 나머지 대원들 역시 무사히 도착할 수 있었다.

"여기는 둥지, 전 인원 모두 다 이상 없나?!"

—…인원, 장비, 모두 이상 없음!

"좋아, 탈출 지점으로 모일 수 있도록!"

—입감!

병참기지와 보급기지가 불에 타자, 제국군이 미친 듯이 달려와 화재 현장에 물을 붓기 시작했다.

땡땡땡땡!

"불이야!"

"어서 물을 길어 와라! 불을 꺼야 한다! 신속하게 움직여라!"

하진은 멀리서 그 현장을 지켜보면서 적당한 타이밍을 잡아 신호탄을 쏘아 올렸다.

피융, 퍼벅!

단발의 신호탄이 공중으로 튀어 오르자, 그린 드래곤 테레사가 현장으로 빠르게 날아왔다.

슈우우우웅!

하진은 탈출 지점에 있던 인원 탈출용 바구니에 올라탄 후 대원들을 유도하였다.

"이쪽이다! 어서 달려!"

"헉, 헉, 헉!"

30분 넘게 쉬지 않고 달린 대원들은 간신히 바구니에 몸을 실었고, 테레사는 그것을 스치듯 낚아채어 회수하였다.

"작전 성공이군요."

"적당한 타이밍에 와주셨습니다. 고맙습니다."

"고맙긴, 우리는 같은 식구인데요."

테레사는 자신의 목덜미에 숨겨둔 간식 바구니를 꺼내어

하진에게 건넸다.

"시원한 물과 빵입니다. 모두 함께 나누어 드세요."

"마침 배가 고프던 참인데 잘되었습니다."

하진과 대원들은 그녀가 건넨 물을 서로의 얼굴에 부어주며 열을 식혔다.

촤락!

"어흐, 좋다!"

"이제야 좀 살 것 같군. 아까는 정말 죽을 것 같더니 말이야."

적의 식량을 모두 불태우는 데 전혀 피해가 없었으니 지상군은 아마 곧 성 밖으로 뛰쳐나올 것이다.

이제 남은 것은 적의 보급선을 차단하고 그 식량을 탈취하는 일이다.

테르니온은 전함과 고속정으로 적의 보급로를 장악하여 식량을 탈취하는 역할을 맡았다.

이번 해상 작전이 제대로 성공한다면 연방군은 더 이상 전투를 치르지 않아도 될 것이다.

'전쟁이 거의 다 끝나가는군. 제독, 부디 성공해 주십시오.'

하진은 잠시 하늘 아래로 보이는 땅을 감상하며 기지로 되돌아갔다.

* * *

에란스 해협 남부 지역.

드래곤 연방의 함대가 대기 중이다.

쏴아아아아!

테르니온은 금세 어두침침해진 하늘을 바라보며 자신도 모르게 읊조렸다.

"비가 오려나 보군."

"제독, 철수해야 합니까?"

해군 부사령관 노트린의 질문에 테르니온은 고개를 가로저었다.

"이대로 대기하게."

"하지만 시계가 너무 불안정해서……."

"우리 전함은 내구성이 좋아서 이 정도 파도에는 배가 뒤집히지 않는다네. 괜히 초대형 전함이 아니야."

"그렇군요. 제 생각이 짧았습니다."

"아닐세. 목선에 최적화된 자네와 같은 군인은 그렇게 생각할 수도 있지. 하지만 그만큼 경험이 풍부하다는 뜻 아니겠나?"

잠시 후, 테르니온과 노트린의 눈에 150척 규모의 선단이 들어온다.

노트린은 망원경으로 선단의 깃발을 확인했다.

"흑색 깃발입니다."

"해적을 가장한 놈들의 사략선이군."

"발포할까요?"

"아니, 아직. 저들의 식량을 탈취하여 민생을 구제하자면 꽤나 복잡해. 일단 대기하면서 저놈들의 동태를 살피자고."

"예, 제독."

현재 연방군의 해군력이라면 저들과 백병전을 벌인다고 해도 전혀 손해가 아니며, 저들의 포격을 맞으면서 배를 붙이는 것도 가능할 것이다.

테르니온은 적들이 도주할 수 없도록 충분히 거리를 확보했다가 함대를 진군시킬 생각이다.

"150척의 선단에 곡물을 꽉 채웠다면 수탈한 양이 엄청나다는 소리이겠군."

"지독한 놈들입니다. 어떻게 가는 곳마다 저렇게 악랄한 짓만 골라서 하고 다닐 수 있는지 궁금하군요."

"그게 바로 아케인 왕국이 지금까지 존립할 수 있던 비결이지. 저들은 자신들이 진정한 귀족이라 생각하는 놈들이다. 자신들 아래에 있는 인간들은 그저 하급 생물에 불과하지."

"구역질나는 제국주의군요."

"우리는 저런 놈들을 상대로 전쟁을 벌이고 있는 걸세. 자랑스러워하게."

"가문 대대로 영광입니다."

잠시 후, 테르니온이 전 함대에 돌격 명령을 내린다.

"전 함대, 돌격!"

"예, 제독!"

노트린은 테르니온의 명령에 따라 전술 돌격 대형으로 함대를 모았다.

"전 함대에 알린다! 공격 대형으로 진을 바꾸고 일제히 돌격하여 적들과 백병전을 벌인다!"

―입감!

―제2 함대, 돌격 준비 완료!

"일제히 돌격!"

위이이이이잉!

노트린의 돌격 명령이 떨어지자, 전 함대에 사이렌이 울리며 함대가 쐐기 모양으로 진을 잡고 돌격하기 시작했다.

쇄아아아아!

최대 시속으로 돌격한 함대는 적의 목선을 보자마자 들입다 받아버렸다.

콰앙!

"해병대, 투입!"

"예, 제독!"

땡땡땡!

해병대의 강습함에서 종소리가 울렸고, 그 안에 있던 해병대 병력이 일제히 쏟아져 나왔다.

강습함에선 백병전 전용 사다리가 내려와 목선을 찍어 내려 해병대가 건너가기 좋게 만들었다.

쿠웅!

빠지지지직!

배가 조금 파손되긴 했지만 어차피 식량을 탈취하고 나면 침몰할 것이니 큰 상관은 없었다.

해병대의 총사령관 보거슨이 5만의 병력을 이끌고 다리를 건넜다.

"돌격!"

"와아아아아아!"

일부러 큰 소리를 내며 돌격한 해병대 병력은 자신들을 향해 달려드는 적들을 소총으로 가볍게 정리하였다.

"적이다! 모두 죽여라!"

"흥! 죽는 것은 네놈들이다!"

두두두두두!

쥐도 새로 모르게 진입하여 적들을 소탕하는 기습 작전이라면 모를까, 이러한 일반 공습에선 해병대가 기도비닉을 유지할 필요가 없다.

보거슨은 기함으로 보이는 수송선에 안착하여 그 안에 있는 군인을 모조리 사살하도록 명령했다.

"군인들은 전부 다 죽여라. 단, 민간인이 있다면 절대로 건드리지 말도록."

"예!"

잠시 후, 기함의 선실에서 금색 망토를 걸친 사내가 달려나왔다.

“아케인 제국에 영광이!”

“와아아아아!”

“저놈이 사령관인 모양이군.”

보거슨은 특별히 소총 대신 권총을 꺼내어 사내의 머리통에 바람구멍을 내주었다.

타앙!

“크헉!”

“사령관이라서 특별히 권총으로 죽여준 것이다. 영광으로 알아라.”

“초, 총이다! 언제 저렇게 작은 총을……?!”

“우리의 기술력은 너희들의 미천한 기술력과는 비교할 수 없는 경지이다. 알아서 항복하는 것이 신상에 이로울 것이다.”

“흥! 그렇다고 해도 칼 안 박히는 사람이 있다던가?! 쳐라!”

“와아아아아!”

“미친놈들이군. 전원 사살하게.”

“예!”

해병대는 돌격해 오는 적 해군에게 총을 갈겨 남아나는 사람이 없도록 만들어 버렸다.

두두두두두!

퍽퍽퍽!

"쿨럭, 쿨럭!"

"제기랄!"

"사람과 사람이 싸울 때엔 자신의 입장과 전력이 어떠한지 제대로 파악하고 달려드는 것이 중요하다, 이 머저리 같은 자식들아."

"……."

이윽고 보거슨은 군단의 보고를 받았다.

—치익, 제1 대대, 강습 완료!

—제2 대대, 강습 완료!

그는 차례대로 강습을 완료했다는 보고를 받고 난 후 식량을 운반하여 수송선에 실을 수 있도록 지시했다.

"아군의 수송선에 짐을 싣고 남은 목선은 전량 폐기 처분한다."

—예, 제독.

보거슨은 아직까지도 제독이라는 칭호가 어색하지만 그를 따르는 부하들이 이 호칭을 아주 즐겨 쓰기 때문에 듣는 데 그리 거슬리지는 않았다.

잠시 후, 보거슨에게 테르니온의 무전이 날아들었다.

—수고했네, 보거슨 제독.

"감사합니다."

—어서 식량을 챙겨서 이곳을 뜨자고.

"예, 알겠습니다."

해상에서의 마지막 보급품 차단 작전이 있은 후 연방군 함대는 연해에 있는 임시 함대 기지로 발길을 옮겼다.

*　　　*　　　*

이른 새벽, 연방군 전진기지로 엄청난 함성이 들려온다.

"와아아아아!"

"아케인 제국에 영광이!"

라이오니슨이 이끄는 제국군이 연방군 전진기지를 습격하여 전투가 벌어졌다.

"모조리 쓸어버려라!"

"예, 전하!"

좌라락!

"크허억!"

"죽어라, 이 미친한 놈들아!"

라이오니슨은 틈만 나면 연방군의 기지를 습격하고 보급 행렬을 타격하는 등의 기습 작전을 펼치고 있었는데, 그로 인하여 연방군의 전방 부대가 조금씩 흔들리는 움직임을 보였다.

아케인 제국이 만약 활로를 찾는다면 아마 라이오니슨이 이런 눈부신 활약 덕분일 것이다.

그러나 수를 셀 수도 없는 습격 덕분에 연방군의 반응속도 역시 발전하였다.

라이오니슨이 한없이 연방군 보병을 사살하고 있을 무렵, 후방에서 보병 병력을 태운 트럭 행렬이 도착하였다.

"5분 대기조는 적들을 사살하고 부상자를 수송하라!"

"예!"

5분 대기조는 하진이 만든 긴급 상황 조치 부대로, 전진기지에만 1개 대대급 병력이 상주하고 있었다.

덕분에 라이오니슨의 전략이 제대로 먹혀들었음에도 불구하고 5분 만에 연방군이 반격의 불씨를 되찾게 된 것이다.

두두두두두!

"컥, 커어억!"

"총탄이 날아옵니다!"

"제기랄, 후퇴하라!"

뿌우!

기병대의 후퇴를 알리는 나팔이 울려 퍼짐에 따라 기병대가 재빨리 후퇴하였으나, 5분 대기조는 그 뒤를 놓치지 않았다.

"기병대를 모두 사살하면 저들의 전력은 상당히 약화된다! 5분 대기조는 적들을 끝까지 추격하여 제거한다!"

"예, 알겠습니다!"

"무전병, 후방 대기 포대에게 포격 지원을 요청하라! 포격지는 적들의 예상 퇴로와 수풀 지대다!"

"예, 대대장님!"

5분 대기조의 대대장이 신속한 처방을 내린 덕분에 연방군은 사상자 1천에서 그 피해를 수습할 수 있게 되었다.

하지만 앞으로 나라의 근간이 되어야 할 청년들이 1천이나 죽어나갔다는 것은 엄청난 손실이자 비극이었다.

"장례를 치를 수 있도록 시신을 온전히 수습하여 후방으로 수송해 주게."

"예, 대대장님."

"신의 은총이 그대들의 앞길에 함께하시길……."

짧은 목례로 사상자에 대한 예우를 차린 대대장의 귓전으로 무전이 날아들었다.

—치익, 대기포 사격 준비 완료!

"…모두 다 쓸어버려!"

—알겠다! 전포, 사격 개시!

펑펑펑!

가장 먼저 방렬을 완료한 박격포부터 사격을 개시하였고, 그 뒤를 따라 야포가 불을 뿜었다.

콰앙!

—명중, 적의 퇴로에 정확하게 명중하였다!

—입감, 아군 추격 부대가 적들을 추격하고 있으니 일단 사격 대기하기 바람.

—알겠다.

5분 대기조는 차량을 타고 말을 달리는 기병대를 끝까지 따라가 사격하였고, 무려 1만이나 되는 기병을 제거하였다.

—적들이 성안으로 퇴각하였음. 더 이상 추격은 불가능할 것으로 보인다.

—잘 알겠다.

대대장은 이대로 작전을 마무리하고 전진 부대의 사상자들을 데리고 연방군 중앙 기지로 향한다.

"작전을 마무리한다. 경계 상태는 이대로 하고 사령관의 지시가 내려올 때까지 5분 대기조가 이곳에 주둔한다."

"예, 대대장님."

그는 비통한 표정으로 시신들을 후방으로 호송하였다.

* * *

연방군이 흘린 피보다 훨씬 더 많은 피를 흘린 아케인 제국은 이제 더 이상 버틸 수 있는 힘이 남아 있지 않았다.

그나마 라이오니슨의 눈부신 활약이 없었다면 이나마 버티는 것도 불가능했을 지도 모를 일이다.

칼번은 이쯤에서 전쟁을 마무리 짓는 것이 옳다는 것을 깨달았다.

그는 피투성이가 된 라이오니슨을 바라본다.

"쿨럭, 쿨럭!"

"……."

무려 150번이 넘는 습격 작전을 펼친 라이오니슨은 방금 전 전방기지 습격 작전에서 적의 탄환을 맞아 폐가 뭉개지고 말았다.

그는 이제 더 이상 포션으로도 회복할 수 없었으며 길어봐야 5분 이상 살 수 없을 것이다.

라이오니슨은 칼번을 바라보며 마지막 힘을 쥐어짜 냈다.

"폐, 폐하……!"

"그만, 그만 말하라.

"소, 소자, 끝까지 최선을 다했습니다만, 결국은 이렇게 죽습니다."

"……"

"부친보다 먼저 세상을 떠나는 것이 얼마나 큰 불효인지 너무나 잘 알고 있습니다만, 총탄에는 장사가 없습니다."

"라이오니슨."

이윽고 라이오니슨이 피를 울컥 토해냈다.

"우웨에에엑!"

"아아……!"

안타까운 침성이 여기저기서 들려왔으나 칼번은 끝까지 평정심을 유지하였다.

"마지막으로 남길 말이 있으면 지금 하라."

"제, 제 동생을… 라이너스를 본국으로 보내주십시오."

"…퇴각시키란 말이냐?"

"마지막 부탁입니다."

라이너스는 고개를 가로저었다.

"헛소리! 난 후회하지 않을 것입니다!"

"…동생아, 우리도 할 만큼 하였다. 이제 아버지의 총애보다, 황위 계승보다 네 목숨을 먼저 생각하여라. 이것이 형으로서 해줄 수 있는 마지막 충고다."

"……."

칼번은 끝내 고개를 숙이고 말았다.

"…잘 가라. 저승에서 다시 만나자."

"아아……."

털썩!

끝내 숨을 거둔 라이오니슨을 바라보며 신하들은 뜨거운 눈물을 흘렸다.

"전하……!"

"형님!"

칼번은 자신의 장자가 죽었음에 조만간 제국이 무너질 것을 잘 알고 있었다.

'하지만 여기서 멈추기엔 너무 멀리 왔다.'

그는 칼을 뽑아 들었다.

챙!

"태자의 복수를 한다! 전군, 진군을 준비하라!"

"와아아아아아!"

라이너스는 형의 유품인 피 묻은 바스타드 소드를 꺼내 들었다.

스릉!

“아케인 제국에 영광이!”

“와아아아아아!”

아케인 제국은 결연한 마음으로 마지막 전투를 준비하였다.

제9장

제자리

아케인 왕국군 60만이 드래곤 연방군 앞에 집결해 있다.

칼번은 자신의 일생에 있어 마지막이 될 이 전투가 어떻게 끝날지 누구보다 잘 알고 있었다.

그러나 그의 사전에 후퇴란 있을 수 없었다.

스릉!

검을 뽑아 든 칼번이 말의 고삐를 당겼다.

"돌격!"

"와아아아아!"

"아케인 제국을 위하여!"

기병대와 함께 돌격하는 칼번의 머리 위로 화살아 날아올라 그의 앞길을 열어주었다.

핑핑핑!

칼번이 기병대를 이끌자마자 라이너스가 보병들과 함께 전진하였다.

“전군, 전진하라!”

“충!”

아주 잘 짜인 진영을 갖추고 돌격하는 군대를 쉽사리 이길 수 있는 군은 없다. 하지만 그들보다 힘이 강한 세력과 맞닥뜨리게 된다면 얘기는 달라진다.

“전군, 사격 개시!”

두두두두두!

퍽퍽퍽!

드래곤 연방군 소총수들이 쏘는 총탄은 날아가는 새도 가볍게 떨어뜨릴진대 말을 탄 기병이라고 별반 다를 리가 없었다.

이힝힝!

“크허억!”

“멈추지 마라! 나를 따르라! 적의 심장부를 파고든다!”

“와아아아아!”

기병들의 전진은 결코 그 힘을 잃지 않았고, 결국엔 소총수들이 포진하고 있는 공격 저지선까지 이르게 되었다.

칼번은 피눈물을 흘리며 적들의 얼굴 앞에 검을 가까이 대었다.

챙!

"…내 아들에 대한 복수다!"

철혈대제이자 제국의 절대군주인 칼번이지만 라이오니슨이 태어났을 무렵엔 첫 아들을 맞이한 기쁨으로 인해 잠을 이루지 못하였다.

비록 제국이라는 울타리 안에 살면서 살가운 부자 사이는 되지 못했으나, 그는 이 세상 그 무엇보다 아들을 사랑하였다.

비록 아들이 줄줄이 꼬리를 물고 태어났다곤 해도 라이오니슨만큼 칼번을 닮은 아들은 결코 있을 수 없었으며, 그보다 용맹하고 뛰어난 왕재도 없었다.

후계자를 잃은 절망과 아들을 잃은 슬픔이 교차하여 칼번의 눈에서 피눈물이 흘렀다.

하나 전쟁에서 그 모든 슬픔은 죽음과 함께 묻어가는 법이다.

타앙!

서걱!

"커헉!"

저격수가 쏜 탄환이 심장을 관통하여 칼번의 신형이 땅에 떨어져 내렸다.

쿠웅!

“쿨럭, 쿨럭!”

“폐하!”

“폐하를 보호하라!”

앞서 달리던 기수들이 칼번에게로 모여들자 그가 악에 받쳐 소리쳤다.

“싸워라! 우리 아케인의 긍지를 저들에게 보여주어라! 죽더라도 우리가 적들에게서 물러서지 않았다는 긍지는 영원이 후손들에게 전해질 것이다!”

“명을 받듭니다!”

차갑게 식어가는 칼번의 시신을 뒤로한 채 기병들이 들이닥쳤고, 연방군은 그들에게 기관총을 난사하였다.

드드드드드드드드득!

퍽퍽퍽퍽퍽!

총탄이 어지럽게 날아들어 기병들을 줄줄이 쓰러뜨렸고, 더 이상 전진할 병력이 없어질 때쯤 그 사격이 멈추었다.

여기저기서 서서히 죽어가는 병사들의 신음이 들려올 때쯤, 보병이 공격 저지선 가까이 다가왔다.

방패도 없고 갑옷도 없이 그저 장창 하나에 의지하여 돌격하는 보병들의 진군은 그저 죽기 위한 자살 행위로밖에 보이지 않았다.

그러나 연방군은 아케인 제국군을 사살하지 않으면 이 전쟁이 끝나지 않을 것임을 잘 알고 있었다.

그들은 죽음과 명예를 바꿀지언정 무릎을 꿇지는 않을 것이기 때문이다.

"포격을 실시하라!"

"박격포, 발사!"

피융, 콰앙!

박격포의 포탄이 아케인 제국의 진영에 떨어질 때마다 100명이 넘는 인원이 죽어나갔고, 10만의 군사가 사라지는 데 채 30분이 걸리지 않았다.

피와 살이 튀는 골육상잔의 현장은 그야말로 참혹함 그 자체였으나, 죽어나가는 이들은 오히려 웃음을 터뜨렸다.

"크하하하! 우리는 죽는다! 하지만 귀신이 되어서도 너희들을 저주할 것이다!"

"죽여라! 낄낄낄, 살아서 못 다한 복수는 죽어서 할 것이다!"

소름 끼치는 저주가 여기저기서 쏟아져 나왔지만 연방군은 사격을 멈추지 않았다.

항복을 권유한 서신이 무려 200장이 넘고 하루에도 열 번이 넘는 사자가 파견되었지만 모두 허사였다.

이제 연방군은 그들과 함께할 수 없는 운명이라는 것을 단단히 각인하고 있었으니, 지금의 이 학살도 무리는 아니었다.

전투가 시작된 지 두 시간 후, 아케인 제국군은 모두 다 사라지고 그들이 서 있던 자리에는 핏자국만이 선명하게 남아 있었다.

*　　*　　*

아케인 제국의 병력 100만이 궤멸된 후 제국의 황실은 항복을 선언하였다.

드래곤 연방은 제국을 해체시키고 나라의 연호를 아케인트 공화국으로 바꾸어 새 정부를 출범시킬 것을 명령하였다.

아케인 제국의 침략을 받은 헤이슨 제국 역시 식민지를 해방시키고 노예제도를 폐지해 드래곤 연방의 자유주의에 적극 협조하게 되었다.

이로써 판테리아 4대 열강의 치열하던 500년 지배 역사가 막을 내리고 본격적인 민주주의의 역사가 시작되었다.

연방군의 총사령관이자 연방 의장인 하진이 각 제국의 수장들에게서 직접 항복문서를 받는 중이다.

슥슥슥.

아버지와 아들을 잃은 황후들의 표정에는 비통함이 가득 차 있었으며, 그 곁을 지키는 신하들 역시 통한에 찬 한숨을 내쉬고 있었다.

다만 헤이슨 제국만이 정전 협약과 평화협정에 조인하였기 때문에 비통한 기색은 보이지 않았다.

세 개의 항복문서와 네 장의 평화협정서를 받아낸 하진은 그들에게 악수를 건넸다.

"잘 살아봅시다. 이 모든 것이 인류의 발전을 위한 것입니다."

"예……."

아직까지 연방에 대한 앙금이 남아 있다고 보기는 힘들지만, 그렇다고 하진에게 아주 호의적인 입장일 수는 없는 그들이다.

하진은 그들이 어째서 이런 입장을 취하는지 너무나도 잘 알고 있었다.

'그래, 가족을 잃은 사람들의 입장에선 내가 악마처럼 보이겠지.'

제국의 귀족 중에서 항복하지 않고 결국 자결을 선택하겠다고 말한 사람들은 하진을 미친 독재자라고 손가락질했다.

사람들의 관점은 저마다 다르니 하진은 그들의 생각이 아주 틀렸다곤 생각하지 않았다.

다만 세월이 지나면서 그 후손들이 결국엔 하진의 병탄이 옳았다는 것을 알아주기만을 바랄 뿐이다.

하진은 헤이슨 제국의 대표인 아카이드 황제에게 말했다.

"황제께선 우리 부사령관과 몇 가지 협정서를 더 작성해야 할 겁니다. 따라가시죠."

"알겠습니다."

헤이슨 제국은 여전히 40만이 넘는 군세를 유지하고 있기 때문에 그들의 무장해제가 가장 큰 관건이었다.

테르니온은 그들의 무장해제와 각 국경의 불가침, 자주국방을 위한 소수의 군대 편성에 대한 조약을 받아낼 것이다.

만약 그들이 군대를 해산시킬 수 없다고 버틴다면 연방군은 그들의 영지마다 포구를 들이댈 수밖에 없다.

다시는 대륙의 평화를 해치는 행위를 용납할 수 없기 때문이다.

'이제는 정신을 차렸겠지.'

하진은 아카이드가 더 이상 욕심을 부리지 않으리라고 믿어 의심치 않았다.

전쟁이 끝난 후, 하진이 우드림으로 금의환향하였다.

"와아아아아아!"

"연방군 만세!"

"가우스트, 가우스트!"

수많은 인파가 뿌려놓은 꽃가루를 밟으며 금의환향한 하진은 연방군의 엄청난 인기를 실감할 수 있었다.

그는 이제 자신이 이곳에 없어도 잘 돌아갈 것이라고 생각했다.

'박수를 받았으니 이제는 떠날 때가 되었다.'

한때는 이곳에 정착할 생각도 해본 적이 있으나, 사람은 자신이 온 곳을 찾아 돌아가야 하는 것이 옳은 법이다.

하진은 고향을 찾아 강을 거슬러 올라가는 연어처럼 다시 지구로 돌아가 자신의 자리를 찾아갈 것이다.

금빛 개선의 끝에는 엘레니아가 서 있었다.

"고생 많으셨습니다."

"별말씀을요."

"이제 판테리아가 대통합을 이뤄냈으니 이 업적은 인류가 멸망할 때까지 기록으로 남을 것입니다."

그녀는 하진에게 한쪽 무릎을 꿇어 읍하였다.

"당신은 우리의 영웅입니다."

"이, 이러지 마십시오."

"영웅은 영웅으로서 대접을 받을 필요가 있습니다. 영웅이시여, 절을 받으소서."

"영웅이시여!"

그녀를 시작으로 15만이 넘는 인파가 하진을 향해 무릎을 꿇었고, 그는 고개를 숙여 그 절을 받았다.

"고맙습니다. 당신들이 없었다면 지금의 이 업적은 절대로 이룩할 수 없었을 것입니다."

"위대한 가우스트 장군 만세!"

"와아아아아아아아!"

하진은 이제 정말 모든 것이 끝났다는 것을 몸으로 느낄 수 있었다.

*　*　*

이른 아침, 우드림의 세계수 앞으로 하진의 동료들과 드래곤, 연방의 각 수장들이 모두 모였다.

하진은 오늘 세계수 앞에서 자신과 선미가 지구로 돌아갈 것을 선언할 것이다.

그가 당장 지구로 돌아간다는 소식에 버선발로 달려온 연방의 수장들은 난색을 표하였다.

"의장님, 이렇게 가시면 우리는 어쩌라는 겁니까? 만약 헤이슨 제국이 다시 반기를 들고 일어나면 어쩝니까?"

"이제는 드래곤들이 있으니 저들도 쉽사리 모반을 꾀할 수 없을 겁니다. 또한 연방군은 세계 최강입니다. 저들이 어쩔 수 있는 군대가 아니라는 소리죠."

"……."

"만남이 있으면 헤어짐도 있는 법, 그리 생각해 주시지요."

어떻게 해서든 하진을 잡고 싶은 마음이 가득한 그들이었으나, 아스카유는 이 세계의 질서를 위해 그를 돌려보내야 한다고 말했다.

"쿠르드의 유지를 받들어 세계의 평화를 이룩해 냈으니 다시 왔던 곳으로 돌아가는 것이 옳다. 이 부분에 대해선 그 어떤 누구도 반기를 들 수 없으리."

"예, 아스카유 님……."

아스카유는 자신 역시 이제 곧 숨을 거둘 것이라 선언하였다.

"인류여, 그리고 드래곤과 몬스터들이여, 잘 들으라. 신의 사자인 가우스트 장군이 떠나고 나면 본인 아스카유 역시 깊은 영면에 들어갈 것이다."

"……!"

"이것은 내 오랜 벗이자 스승이던 쿠르드의 유지를 받드는 마지막 일이다."

"하, 하지만 드래곤 로드의 자리는……?!"

"내 뒤를 이어 골드 드래곤 아슬란이 로드의 자리를 승계할 것이다. 골드 드래곤은 현명하고 차분하며 공명정대한 종족이다. 아마도 그가 자리를 잇는다면 전 대륙이 평화롭게 살아가게 될 것이 분명하다. 다만, 유쾌함이 결여된 골드 드래곤이 쓸데없이 진지해 조금 썰렁해지긴 하겠지."

쓸데없는 농담을 건넨 아스카유는 자신의 유머에 아무도 웃지 않는다는 사실을 깨닫곤 약간 의기소침해졌다.

"…아무튼 나는 조물주의 품으로 돌아간다. 쿠르드와 함께 인생을 논하고 술이나 한잔 기울이면서 자네들을 지켜볼 테니 내가 가는 길에 눈물은 흘리지 말아주게."

"……"

다소 엄숙해진 이 분위기가 너무나도 참을 수 없던 아스카유는 특유의 유쾌함으로 딱딱함을 풀어냈다.

"분위기가 우중충해서 장례는 치를 필요가 없겠군. 이미 분위기는 장례식 분위기인데?"

"…하여간 죽을 때까지 정신을 못 차리는 드래곤이군."

"후후, 나타샤, 나 아스카유는 죽어서도 자네들을 바라보며 농을 칠 걸세. 내가 봉인될 석관에선 아마도 영원히 헛소리가 흘러나오겠지."

"하하하, 하긴, 그 버릇 어디로 가겠습니까?"

아스카유는 분위기가 조금 부드러워지자, 이제 드디어 하진을 보낼 때가 왔다고 생각했다.

"자, 이제 슬슬 가우스트, 아니, 연하진 군을 보내주도록 하지."

"…꼭 그래야만 합니까?"

"몇 번이고 말했지만 그게 세상의 순리라네."

하진은 자신을 바라보는 동료들에게 말했다.

"테르니온 제독, 해리슨, 가버, 케레니슨, 엠블라, 엘린, 레이나, 그리고 나와 처음을 함께하였던 네이튼까지, 나는 죽어서도 당신들을 잊지 않을 겁니다."

"…잘 가게."

"신의 축복이 함께하시길."

동료들의 환송을 받은 하진은 자신의 몸에서 드래곤 아이를 떼어냈다.

스릉!

"이것은 드래곤 로드의 상징입니다. 로드의 유지를 이을 사람에게 드리는 것이 옳다고 봅니다."

"그 마음 잘 간직하여 대대손손 판테리아를 잘 이끌어 나가겠습니다."

"고맙습니다."

마지막으로 자신의 심장에 붙어 있던 패왕의 인장과 드래곤 로드의 인장을 떼어낸 하진은 그것을 아스카유에게 전했다.

"이것을 함께 봉인해 주십시오. 만약 이 땅 위에 다시 위기가 닥칠 때까지 더 이상 모습을 드러낼 수 없게 말입니다."

"잘 알겠네."

아스카유는 자신의 왼쪽 가슴 안에 인장을 봉인하고 이것을 열 수 있는 열쇠인 자신의 심장 반쪽을 떼어 아슬란에게 건넸다.

"자, 이것을 가지고 있게. 그리고 다음 대, 또 다음 대 로드에게 대대로 전승시켜 주게나. 이것은 대륙을 구할 수 있는 열쇠이니 소중하게 다뤄주게."

"예, 아스카유 님."

이제 정말 떠날 때가 된 하진이다.

"모두들 잘 계십시오. 저는 떠납니다."

"잘 가십시오!"

"가우스트 장군, 영원히 잊지 않겠습니다!"

아스카유는 목함에 박혀 있는 크리스털을 깨뜨렸다.

쨍그랑!

그러자 하진의 앞에 붉은색 포털이 모습을 드러냈다.

지이이이잉!

이제 이 포털을 넘어가게 되면 하진과 선미는 더 이상 이 세상에 올 수 없게 될 것이다.

선미는 나타샤에게 인사를 고했다.

"잘 지내세요."

"잘 가라, 친구여."

그녀는 선미에게 선물을 하나 건넸다.

"받아."

"이게 뭔가요?"

"내가 줄 수 있는 유일한 선물이야. 나중에 풀어봐."

그녀가 건넨 주머니를 받은 선미는 미소를 지었다.

"고마워요."

"…잘 살아."

하진은 그녀의 손을 잡았고, 아스카유가 하진에게도 작은 파우치를 하나 건넸다.

"나도 선물이 있네. 가자마자 풀어봐."

"예, 아스카유 님. 감사합니다."

"잘 가게! 그리고 행복하게 살아!"

"그럼 저희들은 갑니다!"

모두의 환송을 받으며 붉은색 포털 안으로 몸을 밀어 넣은 하진과 선미는 한 점이 되어 다시 지구로 날아갔고, 포털은 더 이상 영원히 열리지 않게 되었다.

*　　*　　*

드래곤 연방 통합력 제1 년, 드래곤 연방의 수장 가우스트 아펠트가 연기처럼 사라져갔다.

사가들은 그를 전신, 혹은 무신으로 표현했으며, 판테리아 자유민주주의의 대부로 표현하였다.

앞으로 판테리아의 아이들은 가우스트 아펠트를 위대한 사람으로 배우고 기억할 것이며, 그를 기억하는 사람들의 머리엔 행복한 기억이 가득할 것이다.

*　　*　　*

대전 계룡산 중턱의 한 야산.

지이이이잉!

붉은색 전기가 하나의 문을 이뤄내더니 이내 그 안에서 두 남녀가 쏟아지듯 튀어나왔다.

퍼엉!

"쿨럭, 쿨럭!"

"괜찮아?!"

"네, 저는 괜찮아요. 당신은요?"

"나 역시."

두 사람은 주변을 둘러보며 자신들이 어디쯤 있는지 가늠해 보았다.

"여긴 과연 어디일까?"

"글쎄요. 쿠르드 님이 보내주셨으니 제대로 오긴 왔겠지요?"

"그렇겠지."

하진은 선미의 손을 잡고 산을 내려왔다.

대략 한 시간 후, 하진과 선미는 '계룡산장'이라는 간판 앞에 섰다.

"아하, 여기는 충남 공주인 것 같은데?"

"서울에선 꽤나 멀리까지 왔군요."

"뭐, 모로 가도 한양만 가면 된다는 말이 있잖아?"

"후후, 하긴, 지구까지 온 것만 해도 신기한 일이죠."

하진은 계룡산장의 문을 두드렸다.

쿵쿵쿵!

"계십니까?!"

산장의 문을 두드리던 하진의 머리 위에 있던 창문으로 한 남자의 시선이 느껴진다.

그는 손가락으로 벨을 가리키며 말했다.

"그렇게 손수 문을 두드려 주시면 좋긴 합니다만, 그 옆에 벨이 있어요."

"아아!"

"그리고 영업 중이라는 네온사인이 보이지 않습니까?"

그제야 하진은 자신이 정말 지구에 왔다는 것을 실감할 수 있었다.

"하하, 저희들이 산에 오래 처박혀 있다가 와서 말입니다."

"그래요. 복색을 보니 그럴 만도 하군요."

하진과 선미는 판테리아의 복색을 하고 있었기 때문에 지구의 복색과는 아주 거리가 멀다고 할 수 있었다.

아마 그가 보기엔 두 사람이 도를 닦는 사람쯤으로 보였을 것이다.

"이곳에서 하루 묵을 수 있습니까?"

"그래요. 들어오세요. 그나저나 옷이 많이 더러워진 것 같은데, 우리 산장 옆에 있는 간이매점에서 등산복이라도 한 벌 사지 그래요?"

"말씀 감사합니다."

등산복을 사고 싶어도 돈이 없어 그러지 못하는 두 사람이다.

하진은 자신의 주머니에 무엇이 들어 있는지 확인해 보았다.

짤랑!

금화 몇 개와 은화 몇 개가 들어 있었는데, 은화 몇 닢이면 이곳에서 하루 묵을 수 있을 듯싶었다.

하지만 은화는 값어치가 떨어지니 금화로 홍정을 붙이는 하진이다.

"제가 현금이 없어서 그런데 금이나 은도 받습니까?"

"…뭘 받아요?"

"귀금속 말입니다. 보증서는 없지만 현 시세의 절반만 받고 드리겠습니다."

주인은 하진이 건넨 금화를 이리저리 둘러보더니 고개를 끄덕였다.

"뭐, 그럽시다. 가끔 약초를 가지고 와서 하루 묵겠다는 사람들도 있는데, 이 정도는 양반이죠."

"하하, 그런가요?"

"잠시 무게를 좀 달아보겠습니다."

산장의 주인장은 은화의 무게를 달아보고는 인터넷으로 시세를 판별하여 딱 절반의 가격만 떼어 하진에게 돈을 지불해 주었다.

"현재 시세가 대략 100만 원쯤 하는 것 같은데, 60만 원에 절충하시죠."

"뭐, 그럽시다."

하진은 금화 한 닢에 100만 원은 더할 것이라는 사실을 어렴풋이 알고 있었으나 그냥 그런대로 넘어가기로 했다.

50만 원을 현금으로 받은 하진은 그것으로 방값 10만 원을 지불하고 등산복을 한 벌씩 사서 옷을 갈아입었다.

그제야 좀 지구에서 사는 사람 같아진 두 사람이다.

"여기서 하루 묵고 서울로 올라가자고."

"그래요."

두 사람은 지구에서의 첫날을 그렇게 보냈다.

* * *

다음 날, 친구 연석에게 전화를 걸어본 하진은 기쁜 소식을 들었다.

아버지 김진성 소장이 억울한 누명을 벗고 소장의 지휘를 회복하였다는 것이다.

비록 어머니가 부고하긴 했으나 아버지의 지휘라도 회복된 것이 어디냐는 생각이다.

그는 한달음에 아버지와 연성이 있는 육군 통합 병원으로 달려갔다.

안구 한쪽을 잃어버리는 바람에 병원 신세를 지긴 했지만 대통령 표창에 무공훈장까지 받은 김진성 소장은 이달 중으로 중장 진급이 이뤄질 예정이다.

이제 하진의 가문에 육군 중장이 탄생하는 것이다.

하진은 병실에 앉아 있는 아버지에게로 달려갔다.

"아버지!"

"하진아!"

"얼마나 고생이 많으셨어요?!"

"너야말로 몸 고생, 마음고생이 많았지! 어디 다친 곳은 없니?"

"네, 없어요!"

그는 하진의 곁에 서 있는 선미의 손을 잡았다.

"선미야, 정말로 고맙다. 네가 아니었으면 나는 지금쯤 이 세상의 빛을 보지도 못했을 거야."

"아니에요. 해야 할 일을 한 것뿐인걸요."

하진의 아버지 연성은 자신이 그녀에게 한 모진 말들에 대해 설명하였다.

"이제는 내가 왜 그렇게 두 사람을 갈라놓으려 했는지 알겠지? 나라의 부정부패를 가만히 두고 볼 수가 없었어. 다만, 그 때문에 너희 두 사람이 맺어지지 못한 것은 지금까지도 후회하고 있단다."

"이제라도 진실을 알았으니 된 것이죠."

연성은 두 사람에게 새로운 신분증을 건넸다.

"신분이 소멸된 것은 아니라서 실종 신고만 취하했어. 당장 핸드폰을 개통하거나 통장 거래를 할 수 있을 거야."

"고맙다, 나와 아버지를 끝까지 믿어줘서."

"당연한 소리를 하고 있군."

그는 하진에게 앞으로의 일에 대해 물었다.

"이젠 어떻게 할 거야? 아버지의 신분도 회복되었으니 소송이라도 걸어서 복귀할 거야?"

"아니, 이젠 다시 군에 입대하지 않을 거야. 질렸거든."

"그렇게 애지중지하던 소령 계급은 어떻게 하고?"

"후후, 괜찮아."

연성은 하진이 갖은 루머와 압박 때문에 제대했으니 충분히 복귀가 가능할 것이라고 생각했다.

하지만 이제 군대라면 지긋지긋한 하진이다.

"그냥 유유자적 살래."

"그래, 그래라."

선미는 하진의 손을 잡았다.

"함께 시작해요."

"그래."

이로써 멀리도 돌아온 두 사람의 오랜 인연이 다시 이어졌다.

*　　　*　　　*

며칠 후, 하진은 선미와 함께 드래곤들의 선물을 풀어보았다.

하진이 받은 주머니에는 쿠르드의 아공간이 들어가 있었

고, 선미의 바구니에는 나타샤의 레어와 그 주변 구역이 통째로 들어가 있었다.

아마도 드래곤들의 용언과 황금 상자의 힘을 조금은 빌린 것이 아닌가 싶었다.

선미가 바구니를 열자 그 안에서 작은 문이 열리며 나타샤 산맥의 맹렬한 냉기가 뿜어져 나왔다.

쇄아아아아아아아!

그녀는 미소를 지었다.

"우리가 살 곳으론 제격이네요."

"하하, 그러게 말이야. 피서도 좀 즐기고."

하진은 자신이 받은 주머니를 열자, 그 안에 들어 있던 엄청난 양의 금은보화와 각종 포션이 모습을 드러냈다.

촤라라라랑!

햇빛을 받은 금은보화가 빛을 발하자, 하진의 눈동자에 금빛 그림자가 어렸다.

하진은 실소를 흘렸다.

"이 많은 것을 도대체 어떻게 다 쓰지?"

"그건 천천히 생각해 봐도 될 문제예요."

"그래, 지금 당장은 인생을 좀 즐겨보자고."

두 사람은 서로의 손에 끼워진 반지를 만지작거리며 말했다.

"잘 살자."

"네, 정말 잘 살아요. 후회 없도록 말이에요."

이로써 가우스트 아펠트의 일대기는 끝이 나고 연하진이라는 사람의 인생이 펼쳐지게 된 것이다.

에필로그

아케인 제국으로 가는 뱃길. 검은색 로브를 뒤집어쓴 사내가 난민에 섞여 있다.

연합군은 북부에서 남부로 끌려온 노예들을 다시 본국으로 되돌려 보내는 정책을 펼치고 있었는데, 검은색 로브를 뒤집어쓴 사내는 그들과 함께 아케인트로 향하는 중이다.

팔짱을 끼고 배의 한구석에 앉아서 쪽잠을 청하고 있던 그에게 한 노파가 다가왔다.

"젊은이, 빵이나 좀 드시게."

"…감사합니다."

"고마울 것 없어. 연방에서 나누어준 빵이니까. 언젠가는 세금으로 갚으라면서 준 것이지만 일단 거저 받은 것이나 다름없지 않나?"

연방은 앞으로 국가가 국민의 혈세를 과도하게 뜯어내지 못하도록 세법을 만들어 전 세계에 공표하였고, 그 세금은 대부분 국가의 기반 사업에 투자될 예정이다.

지금 연방에 속해 있는 국가들이 운영하는 공장과 광산에서 나오는 수익은 연방중앙회를 거쳐 다시 복지 재단에 재투자되고 있어 이와 같은 식량 배급이 이뤄질 수 있었다.

지금 당장 일자리가 없는 사람이라고 해도 언젠가는 밥벌이를 해야 할 테니 연맹의 입장에선 이 또한 투자라 할 수 있었다.

연방에서 나누어준 빵을 한 입 베어 문 사내는 슬그머니 미소를 지었다.

"피와 맞바꾼 빵이라… 맛이 좋군."

노파는 혼자서 헛소리를 지껄이는 청년에게 물었다.

"그나저나 자네는 어디서 온 사람인가? 얼굴을 보아하니 전쟁터에서 몇 달 굴러먹은 것 같은데 말이야."

"……."

"괜찮아. 이제 전쟁이 다 끝나지 않았나? 아케인 제국이 항복하면서 세계대전이 종식되었는데 탈영병 하나쯤 누가 신경이나 쓰겠나?"

청년은 고개를 끄덕였다.

"네, 맞습니다. 저는 탈영병입니다."

"그래, 그럴 줄 알았어. 주변을 한번 둘러보게. 패잔병과 탈영병이 수두룩해. 연방군에 소속되어 있던 군인이라면 몰라도 패전국의 병사들은 아무도 신경 쓰는 사람이 없어."

청년이 주변을 한 바퀴 둘러보니 아예 대놓고 병사들에게 보급되던 활동복을 입고 돌아다니는 사내들도 있었다.

그는 이제 정말 전쟁이 끝났다는 것을 절감할 수 있었다.

'허무하군. 기연 하나 얻었다고 생각할 무렵에 전쟁이 끝나다니, 어쩌면 이 또한 운명인지도 모른다.'

청년은 빵을 입에 문 채로 잠에 빠져들었다.

종전 이후, 패전국들은 식민지를 해방시키고 노예제도를 혁파하였으며 공화정 성립과 함께 민주주의를 도입하였다.

판테리아를 주름잡던 4대 열강은 이제 그 화려한 일대기를 마무리하고 헤이슨 제국만이 그 뿌리를 간직하게 되었다.

하나 헤이슨 제국의 곳곳에서 민주주의 운동이 벌어지고 있어 조만간 입헌군주제로 다시금 개헌될 것이라고 사가들이 입을 모았다.

남부의 전쟁통에서 벗어난 에네스는 아내 아이린을 찾아 아케인트로 되돌아왔다.

이제는 아케인트 공화국으로 거듭난 옛 아케인에는 연방군의 군사들로 거리가 어지러울 지경이었지만 위압감이 느껴지지는 않았다.

다만 성문을 들어가는 길목에 수비대가 버티고 서서 검문 검색을 실시하는 중이었다.

"잠시 검문이 있겠습니다."

"그래요, 하세요."

"신분증을 제시해 주십시오."

"저는 신분증이 없습니다만?"

"그렇다면 예전에 사용하던 이름이나 살던 동네의 이름을 대주십시오."

"에네스 로드아니아입니다."

"로드아니아라… 혹시 이번 세계대전에 참전하여 전투를 치른 적이 있습니까?"

"있습니다."

"군번줄을 좀 봅시다."

"군번줄이라기보다는 이런……."

에네스는 자신의 신분을 증명하던 부마의 증표를 꺼내어 보여주었고, 병사는 아주 조용히 그를 초소 안으로 데리고 들어갔다.

이윽고 병사는 어디론가 무전을 날렸고, 무전을 받고 어깨에 별을 네 개 단 사내가 나왔다.

"아케인의 부마가 이곳으로 왔다고?"

"예, 장군."

에네스는 자신의 앞에 선 사내가 다름 아닌 연방군 참모총장인 해리슨이라는 것을 알 수 있었다.

해리슨은 에네스에게 쪽지를 한 장 건넸다.

"아케인 제국이 정식으로 항복하면서 그 왕가가 변방의 작은 저택으로 이주하였소. 이곳으로 가보시면 부인을 만나실 수 있을 것이외다."

"고맙습니다."

쪽지를 받은 에네스에게 해리슨이 물었다.

"앞으로 뭘 하면서 살 것이오?"

"밭이나 가꾸면서 살 생각입니다."

"으음, 농사를 지을 줄 아는 모양이오?"

"모릅니다. 다만 뭔가 새로 시작하는 마음으로 작물을 기른다면 몸과 마음도 새로워질 것 같아서 말입니다."

"좋은 생각이오."

해리슨은 그에게 새로 만들어진 철제 신분증을 건넸다.

"받으시오. 그대의 부인께서 혹시나 하는 마음에 남기고 간 것이오. 당신이 성문을 통과하면 이것을 전해달라고 말이오."

"고맙습니다."

"그럼 살펴 가시오."

해리슨은 돌아서면서 병사에게 저택까지 갈 수 있는 차편을 구해주도록 지시하였다.

병사가 에네스에게 자신을 따라오라는 손짓을 보냈다.

“마침 그쪽 주둔부대로 가는 장교가 있습니다. 함께 차를 타고 가시지요.”

“고맙습니다.”

“별말씀을.”

아케인 제국의 부마라고 하여 자신을 홀대할 것으로 생각하던 에네스는 마음이 조금 누그러지는 것을 느꼈다.

‘세상이 변하긴 했구나.’

그는 자신이 얼마 전에 죽음의 늪에서 구한 악마의 심장을 통하여 거대한 힘을 얻었다.

하지만 그 힘은 전쟁통에 총을 맞아 깨져 버렸다.

심장이 깨어지면서 그를 감싸고 있던 악마의 심장도 함께 산산조각이 났다.

그러나 아직까지 악마의 힘은 그의 안에 자리를 잡고 있었고 여전히 그는 인간 이상의 힘을 가지고 있었다.

그렇지만 이제 그는 아내의 얼굴을 고쳐 새로운 삶을 살아갈 생각이다.

‘내가 할 수 있는 최선이다. 아버지, 죄송합니다.’

그는 연방군 장교의 차를 타고 아케인트 변방의 시골로 향했다.

조금 늦은 오후, 아케인트의 변방 시골 마을 케이블 팜으로 연방군 장교의 군용차가 도착했다.

"잘 가시오."

"고맙습니다."

장교와 인사를 나눈 에네스는 허름한 저택 앞에 섰다.

끼익, 끼익!

다 낡은 건물에 축축한 땅, 에네스는 이곳이 과연 사람이 살 수 있는 집인지 의문이 들었다.

"변방이라더니, 아주 폐가가 따로 없군."

짐이랄 것도 없지만 장교가 나누어 준 식량 포대를 어깨에 짊어지고 저택 안으로 들어선 에네스이다.

똑똑!

"계십니까?!"

에네스가 문을 두드리자 그 안에서 익숙한 소리가 들린다.

"누구세요?!"

잠시 후, 문이 열리면서 아이린이 그와 마주하였다.

"부인, 내가 왔습니다."

"에네스?!"

아이린이 살며시 에네스의 손을 잡았다.

"…들어와요."

"이곳에서 혼자 지내는 겁니까?"

"다른 황가의 핏줄은 차비마마를 따라서 떠났어요. 이제 남은 사람은 저 한 사람뿐이에요."

"그렇군요."

에네스는 그녀에게 약병을 하나 건넸다.

"일단 이것 좀 드시지요."

"이게 뭔가요?"

"당신의 얼굴을 고쳐줄 약입니다."

"……?"

"믿고 한번 마셔 봐요."

악마의 심장이 깨져갈 때쯤 그는 자신의 심장을 감싸고 있던 막이 떨어져 나가면서 화상을 입어 흉측하게 일그러진 병사의 얼굴을 고치는 기적을 보았다.

그는 자신의 심장을 감싸고 있던 막을 약으로 만들어 그녀의 얼굴을 고쳐줄 생각이었다.

꿀꺽!

"으윽!"

"맛이 좀 이상하죠?"

"속이 울렁거려요."

"조금만 참아요."

잠시 후, 그녀의 얼굴이 마구 뒤틀리며 뼈가 제멋대로 돌아다니기 시작했다.

뚜두두두둑!

"으으으으윽!"

"…조금만 더, 조금만 더!"

그렇게 약 5분 후, 꿈틀거리던 그녀의 얼굴이 점점 잠잠해졌다. 그리고 그 얼굴은 이전과는 비교도 할 수 없을 정도로 아름다워져 있었다.

"으음……."

"정신이 드십니까?"

"제 얼굴이 어떤가요?"

"아름답군요."

"저, 정말요?!"

"이제 코가 뒤틀려 있지 않아 숨을 쉬기 편하겠군요. 어때요?"

"흠흠, 어라? 정말이네?!"

"앞으로 더 이상 장애로 인해 고통 받지 않을 겁니다."

"고마워요! 정말 고마워요!"

"고마우면 내 소원 하나만 들어주세요."

"말씀하세요! 무엇이든 들어줄게요!"

에네스는 주머니에 꼭꼭 숨겨두었던 반지를 꺼냈다.

"나와 백년해로하면서 삽시다."

"……!"

"어때요?"

"…좋아요."

이제 아케인 제국의 마지막 핏줄은 평범한 아낙네가 되어 가정을 꾸리며 살아갈 것이고, 그 부흥의 불씨가 될 부마는 농부가 되어 평생을 살아가기로 마음먹었다.

이로써 제국의 부흥은 더 이상 불씨가 되어 일어나지 않을 것이다.

*　　　*　　　*

판테리아 중앙 대륙 칼리어스 공화국의 서부 지역에 상아탑 자치령이 새롭게 지정되었다.

연방군은 수뇌부는 물론이고 각 기사단과 병사들에게 논공행상을 하였는데, 가버와 엘린은 상금과 땅을 받는 대신 상아탑 자치령이 생겨나도록 의회에 건의했다.

의회는 두 사람의 건의를 받아들여 전쟁으로 불타 버린 상아탑을 하나로 모으고 그곳에 자치령을 내린 것이다.

이제 가버와 엘린은 군에서 전역하여 상아탑에서 인간에게 유익한 연구를 하면서 여생을 보낼 계획이다.

상아탑 자치령 외곽에 있는 가버의 작은 오두막으로 엘린이 찾아왔다.

똑똑.

"계세요?"

"아니, 이게 누구신가? 엘린 자매님 아니신가?"

"잘 지내셨죠?"

"나야 뭐 항상 그럭저럭 잘 살고 있소. 그대는 어떠신가?"

"항상 연구에 학생들 가르치는 일 때문에 바쁘죠."

"하하, 그렇게 바쁜 자네가 이곳엔 어쩐 일이신가?"

"누가 당신을 좀 찾아왔거든요."

"……?"

그녀의 뒤에서 테르니온이 모습을 드러냈다.

"안녕하신가?"

"총사령관께서 여긴 어떻게……."

테르니온은 살짝 겸연쩍은 미소를 지었다.

"내가 은퇴를 해서 말이야."

"은퇴요? 연방군에서 제독을 놓아주지 않았을 텐데요? 가우스트 장군이 떠나면서 연방군은 더 이상 인재를 잃지 않기 위해 노예 계약까지 맺지 않았습니까?"

"그렇긴 하지만 이젠 내가 나이가 너무 들어서 더 이상 군에 있지 못하겠다고 떼를 썼다네. 아무래도 너무 오래 원정을 다녀서 그런지 뼈마디 하나하나가 다 시리고 아프다네."

가버는 실소를 흘렸다.

"하하, 다른 사람은 몰라도 제독께선 절대로 아프지 않을 겁니다. 영혼석을 흡수한 사람이 아프다는 소리는 처음 들어 봅니다."

영혼석을 흡수한 장수들은 드래곤과 비슷한 수명을 얻게 되었는데, 영혼석을 흡수한 당시의 모습 그대로 평생을 살아가는 것이다.

테르니온은 멋스러운 중년의 모습으로 평생을 살아가게 되었기 때문에 몸이 쇠하거나 아플 일은 절대로 없을 것이다.

가버가 정곡을 찌른 모양인지 테르니온은 멋쩍게 웃었다.

"하하, 들켰군."

"차라리 귀신을 속이시지요."

그는 가버에게 여행을 제안했다.

"자네, 함께 여행을 떠나지 않겠나? 이런 골방에 틀어박혀 책이나 읽으면 좀이 쑤시지 않겠어?"

"하긴 좀이 좀 쑤시긴 하지요. 매일매일이 전쟁이었는데 어떻게 좀이 안 쑤시겠습니까?"

테르니온은 가버에게 지도의 한 귀퉁이에 표시된 바다를 가리켰다.

"이곳이 어딘 줄 아는가?"

"아오니아 제도 아닙니까? 어부들은 이곳이 불길한 조류를 가졌다고 해서 극도로 피하곤 하지요."

"그래, 그 아오니아 제도일세. 한데 이 아오니아 제도에 수상한 움직임이 보이고 있네."

"수상한 움직임이라?"

"얼마 전 연방군에서 보관하고 있던 영혼석 중에 하나가 없어졌다네. 알다시피 영혼석은 일부 우리 장수들이 흡수하고 남은 40개를 각 도시의 발전에 이바지하는 원동력으로 사용하고 있다네. 그런데 그중 하나가 사라졌어."

"영혼석을 누군가 훔쳐 갔단 말입니까?"

"경찰에서는 연방군 경비대 50명을 쓰러뜨리고 마법 강화 유리까지 깨뜨리고 물건을 탈취했다고 하더군."

"흐음."

"목격자의 말에 따르면 검붉은 머리카락에 붉은색 눈동자를 가진 여자가 마법을 난사하면서 사람들을 쓰러뜨렸다고 하네. 아마 마법을 배운 누군가가 일을 벌인 것이 틀림없어."

"마법을 배웠다는 사람이 영혼석을 가지고 갔다는 것은……"

"아마도 영혼석 안에 잠들어 있는 힘을 각성하려는 것이겠지."

"이대로 가만히 두면 안 되겠군요."

"그래서 내가 자네를 찾아온 것일세. 목격자들의 증언에 따라서 그녀의 도주 경로를 찾아가다 보니 아오니아 제도가 나오더군. 그런데 이상한 것은 아오니아 제도에 생전 처음 보는 몬스터들이 출몰하고 있어."

"범인이 그곳에서 몬스터를 소환하고 있거나 키메라를 생산하고 있는 것이군요."

"그래, 맞아. 내 생각도 그러하네."

가버는 모험가 특유의 본능이 꿈틀거리는 것을 느꼈다.

"인원은 어떻게 구성됩니까?"

"아펠트 군도 장수 출신들이 전부 모이기로 했네."

그는 미소를 지었다.

"동료들이 간다면 기꺼이 갑니다."

"그래, 그럴 줄 알았어."

가버는 자신의 소총과 마법 무구를 챙겨서 집을 나섰다.

"가시죠. 지금 몇 명이나 모인 겁니까?"

"이제 자네와 엘린을 만났을 뿐이네. 조선소에 있는 케레니스과 마법 학교의 엠블라를 찾아가야 하네."

"예, 알겠습니다."

새로운 모험이 그들을 기다리고 있다는 생각에 미소가 절로 피어나는 세 사람이다.

*　　　*　　　*

에멘트 공국 내 공왕녀 세실리아의 별궁 안.

"꺄하하하하!"

"공주님, 거기 서세요!"

"싫어! 안 설 거야! 꺄하하하!"

세실리아의 딸 로시엔은 이제 네 살이 되어 왕궁 안을 죄다 뒤집고 다녔다.

매일 이렇게 난리를 피우는 바람에 로시엔을 수행하는 시녀들은 아주 죽을 맛이었다.

로시엔이 세실리아의 별궁을 난장판으로 만들고 다니고 있을 무렵, 별궁의 문이 열리며 아탈린 후작이 들어섰다.

"공주님, 안녕하셨습니까?"

"아탈린?! 아탈린 아저씨?!"

"오늘도 아주 건강하시군요."

"헤헤, 물론이지!"

"하지만 공주님, 이렇게 성안을 다 뒤집고 다니면 곤란합니다. 시녀들이 저렇게 힘들어하고 있지 않습니까?"

"그렇지만 가만히 앉아서 공부나 하라는데 어떻게 그러고 앉아 있어?! 로시엔은 싫어!"

그는 로시엔을 아주 천천히 타일렀다.

"공주님은 앞으로 공국을 대표하게 될 얼굴입니다. 아름다운 세실리아 왕녀님의 얼굴에 먹칠을 하고 싶지는 않으시겠지요?"

"그, 그건……."

"그리고 또 하나, 이렇게 왈가닥처럼 굴면 나중에 멋있는 남자에게 시집을 못 갑니다."

"……!"

"공주님께선 가우스트 장군님과 같은 훌륭한 남편을 맞이하고 싶지 않으신 겁니까?"

"아니야! 나중에 커서 대부 아저씨에게 시집갈 거란 말이야!"

"그래요. 가우스트 장군께 시집가려면 지금부터 행실을 아주 바르게 해야 합니다. 아시겠지요?"

"응!"

잠시 후, 아탈린의 부관이 다가왔다.

"제독, 연방군 중앙 회의가 소집될 예정입니다. 준비하시지요."

"알겠네."

연방 해군 동부 함대 사령관인 아탈린은 일주일에 한 번씩 열리는 연방군 중앙 회의에 참석해야 하는 의무가 있었다.

그는 우드림에서 열리는 회의에 참석하기 위해 자리를 뜨기로 한다.

"공주님, 소신은 이만 물러갑니다."

"잘 가!"

"제 말을 꼭 명심하십시오. 행실이 아주 차분하고 바른 사람이 가우스트 장군과 결혼할 수 있습니다."

"응!"

아탈린은 부관을 따라 성 밖에 준비되어 있는 차를 타고 항구까지 이동하기로 했다.

부아아아앙!

운전대를 잡은 부관이 아탈린에게 물었다.

"아직까지 혼례를 미루시는 이유가 있으십니까?"

"후후, 나는 이대로라도 좋아. 왕녀님께서 마음을 추스르고 난 다음에 천천히 식을 올리고 싶네."

"으음, 그렇군요."

세실리아 왕녀와 아탈린 후작의 결혼은 거의 기정사실화되어 있었으나, 세실리아가 마음을 정리하지 못해서 결혼이 이뤄지지 못하고 있었다.

그녀에게 충분한 호감이 있는 아탈린이었으나 억지로 그녀와의 혼사를 성사시킬 생각은 없었다.

그는 아주 진득하게 세실리아를 기다려 줄 줄 아는 진짜 남자였던 것이다.

"언젠가는 가우스트 장군의 그림자에서 벗어나는 날이 오겠지."

"부디 그래야지요."

아탈린은 전설로 남은 가우스트의 얼굴을 머릿속에 그려보았다.

'잘 살고 있겠지?'

그는 오랜만에 감상에 젖어 들었다.

* * *

드래곤 연방 통합력 제25년, 대륙은 빠르게 변화하고 있었다.

헤이슨 제국이 드디어 입헌군주제를 도입하여 사실상 황실의 권력이 무너져 내렸으며 정당제가 도입되어 내각제가 자리를 잡게 되었다.

이제 판테리아에서 왕권을 행사하는 국가는 오로지 에멘

트 공국뿐이며, 공국 역시 공왕을 국가원수로 하는 내각제가 실시될 예정이다.

연방의 영웅 가우스트가 꿈꿔오던 전 세계 민주주의가 드디어 그 자리를 잡아가게 되는 것이다.

우드림 연방군 중앙 사관학교에 졸업식과 장교 임관식이 거행되고 있다.

중앙 사관학교의 총장 보거슨이 가우스트 동상 앞에 마련된 단상 위에 올랐다.

그는 우수 졸업생 표창과 소위 계급장 수여식을 진행하고 있는 중이다.

"교육생 번호 25—51 코리언 에라슨, 앞으로!"

"예!"

우렁찬 목소리를 낸 검은 머리의 청년이 보거슨의 앞에 섰다.

보거슨은 그의 검은색 눈동자를 가만히 바라보았다.

"……."

"……?"

사회자가 넋을 놓은 보거슨에게 달려왔다.

"초, 총장님?"

"……."

"장군!"

"험험, 미안하이. 내가 옛날 생각이 좀 나서 말이야."

"아무리 그래도 그렇지 지금은 좀……."

무수히 많은 훈장과 엠블럼이 달린 보거슨의 군복은 그의 화려하던 과거를 상기시켜 주었다. 보거슨은 이 훈장들을 누군가와 함께한 추억으로 간직하고 있다.

'이상하게 가우스트 장군과 너무 많이 닮았군.'

사진이나 초상화가 한 장도 없는 가우스트이지만 그를 기억하는 사람들의 마음속엔 그 모습이 아주 또렷하게 남아 있었다.

보거슨은 이 코리언이라는 청년이 무척이나 눈에 익었다.

"부친의 존함이 어떻게 되는가?"

"예, 예?"

"부친의 존함 말일세."

코리언은 고개를 가로저었다.

"안 계십니다. 존함은 어머님도 잘 모르신다고 하셨습니다."

"그런가?"

보거슨은 코리언에게 다시 한 번 물었다.

"그럼 어머님의 성함은 어떻게 되시는가?"

"일리나 에라슨입니다."

"에라슨이라… 혹시 어머님께서 에라섬 연합의 일리나이신가?"

"예, 맞습니다."

이 젊은 청년의 얘기를 듣고 나니 연방군 참모총장이던 케레니슨의 옛날 얘기가 떠오르는 보거슨이다.

그는 빙그레 미소를 지었다.

"자네가 수석이라고?"

"예, 그렇습니다!"

"병과는?"

"보병입니다!"

"으음, 그렇군. 자네에게 거는 기대가 아주 크네."

"감사합니다!"

"앞으로 더욱더 정진하여 가우스트 장군처럼 아주 큰 사람이 되게나."

"예, 알겠습니다!"

"목소리가 작군."

"예엣! 알겠습니다앗!"

군기가 바짝 든 코리언에게 보거슨이 말했다.

"그분의 이름에 먹칠을 하는 행위는 내가 용납하지 않겠네. 자네의 일생은 내가 두 눈 뜨고 똑바로 지켜볼 테니 그리 알게나."

"…예, 알겠습니다."

이게 지금 협박인지 기대감에 가득 찬 격언인지 구분을 할 수 없는 코리언이다.

보거슨은 코리언에게 소위 계급장을 달아주었다.

척!

"충성!"

"그래, 충성."

경례를 받은 후에도 보거슨은 잔잔한 미소를 띠고 있었다.

'장군, 위대한 사람은 떠난 뒤에도 그 흔적을 남기는 모양입니다.'

앞으로 코리언이라는 청년의 미래가 진심으로 기대되는 보거슨이다.

* * *

판테리아계 서부 용암지대 한가운데 위치한 아스카유 재단에 유황 구름이 드리워져왔다.

취이이이익!

사람들은 그 유황구름 앞에 공원을 만들어놓고 아스카유의 넋을 기리고 있었다.

원래 유황 가스는 인간이 정면으로 마주할 수 없을 정도로 독하기 때문에 공원을 짓는 것은 어불성설이다.

하지만 아스카유의 강력한 용언이 지하의 봉인 지대를 감싸고 있기 때문에 유황이나 용암이 사람을 해치지 못한다.

때문에 이곳은 유황에서 향기가 나며 용암은 좋은 온기를 내뿜는 것으로 알려져 있었다.

아스카유 재단 인근에 피부병 환자나 관절염 환자, 내과 질환 환자 등이 줄을 잇는 것 역시 그러한 이유 때문이다.

유황은 호흡기 질환과 부인병 등에 좋으며 용암은 관절염과 내과 질환에 효험이 좋다.

각 대륙의 환자들이 아스카유 재단에서 병을 고쳐 나가면서 연방군에서 이곳에 공원과 각종 요양소를 짓기 시작한 것이다.

타르니슨 일족은 요양소에서 가장 많이 종사하는 종족으로서, 아스카유 재단 공원과 요양 시설을 떠받들고 있는 사람들이라고 해도 과언이 아니다.

타르니슨 일족의 수장 격인 일리나가 연방의회에 건의하여 처음으로 만들어진 아스카유 재단은 그녀의 상징과도 같은 곳이다.

공립 요양 병원 단지 이사장으로 있는 그녀는 총 150개의 요양 병원과 200개의 보호자 대기 시설을 총괄하고 있었다.

향기로운 유황 구름이 가득한 공원으로 나온 일리나에게 한 젊은 여인이 다가왔다.

"오랜만이군."

"나타샤 님, 여기까진 어쩐 일이십니까?"

"아스카유 님이 어떻게 지내시나 궁금해서 말이야."

"보시다시피 봉인되신 이후에도 우리 인류를 위해 좋은 일을 하고 계십니다."

"유황과 용암으로 사람을 치료한다. 과연 괴짜다운 발상이야."

"그런 괴짜가 있기에 아픈 사람들이 구제를 받을 수 있는 것이지요."

나타샤는 그녀와 함께 길을 걷다가 코리언에 대한 얘기를 꺼냈다.

"코리언이라는 청년이 이번에 사관학교를 수석으로 졸업했다더군."

"으음, 그런가요?"

"자랑스럽겠군. 아들이 수석 타이틀도 거머쥐고 말이야."

"후후, 부끄럽네요."

그녀는 일리나에게 넌지시 물었다.

"언제까지 숨길 거야? 가우스트의 아들이라는 사실 말이야."

"……"

"핏줄에 대한 것은 알려주는 것이 인간된 도리 아닐까?"

일리나는 그저 묵묵히 미소를 짓고 있을 뿐이다.

"에잇, 속 시원하지 못한 인간 같으니. 난 이만 가보겠어."

"어머나, 벌써 가시는 건가요?"

"이곳은 너무 더워. 내가 있을 곳은 아니지."

"그렇군요."

"잘 살아. 인연이 되면 또 보자고."

"그래요."

나타샤는 하늘을 날아 사라져 버렸고, 홀로 남은 일리나는 가만히 하늘을 바라보며 읊조렸다.

"가우스트, 당신의 아들이 수석으로 학교를 졸업했대요. 훗, 늠름한 당신과 함께했다면 더 좋았을지도 모르겠군요."

그녀는 오늘도 하진의 얼굴을 떠올리며 하루를 보낸다.

『무한 레벨업』 완결

이제부터 전자책은

이젠북

www.ezenbook.co.kr

새로운 세계가 열린다!

김재한 『성운을 먹는 자』 철백 『대무사』
니콜로 『마왕의 게임』 가프 『궁극의 쉐프』
이경영 『그라니트:용들의 땅』 문용신 『절대호위』
탁목조 『일곱 번째 달의 무르무르』 천지무천 『변혁 1990』
강성곤 『메이저리거』 SOKIN 『코더 이용호』

이름만 들어도 황홀할 정도의 별들의 향연!

이들의 "유료연재"가 시작됩니다!

초대형 24시 만화방

신간 100%, 샤워실, 흡연실, 수면실(침대석), 커플석, 세탁기 완비

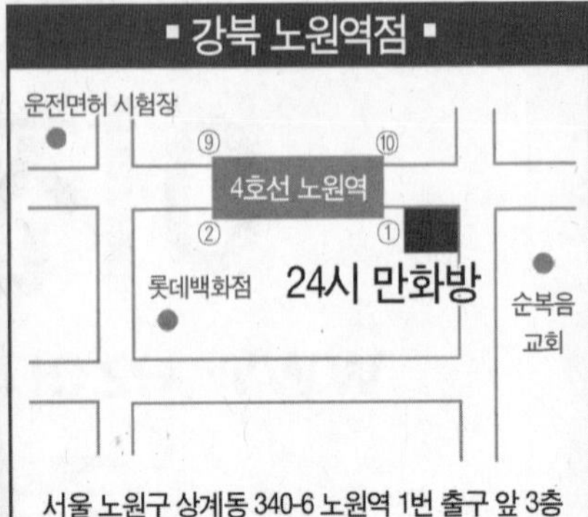

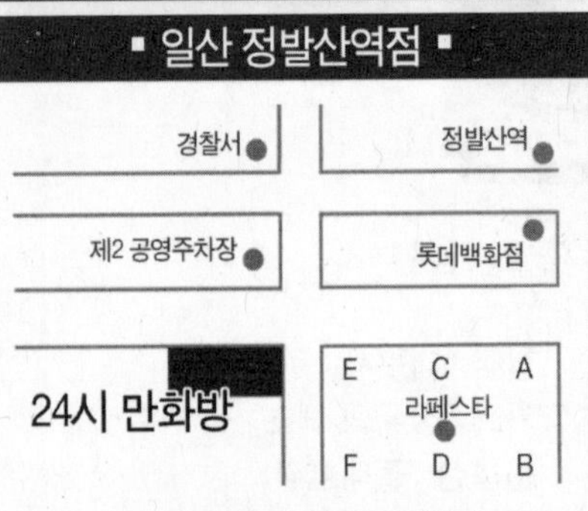

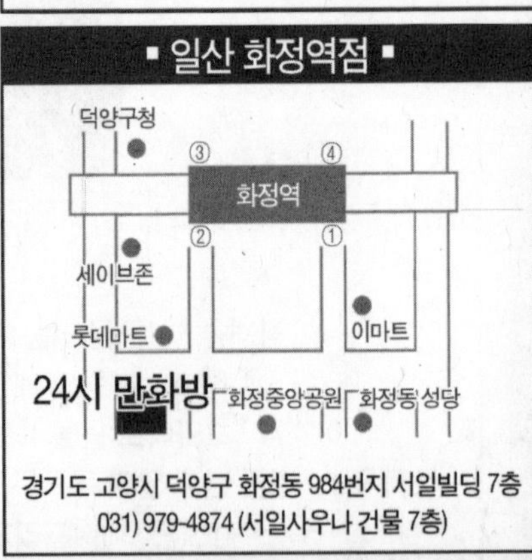

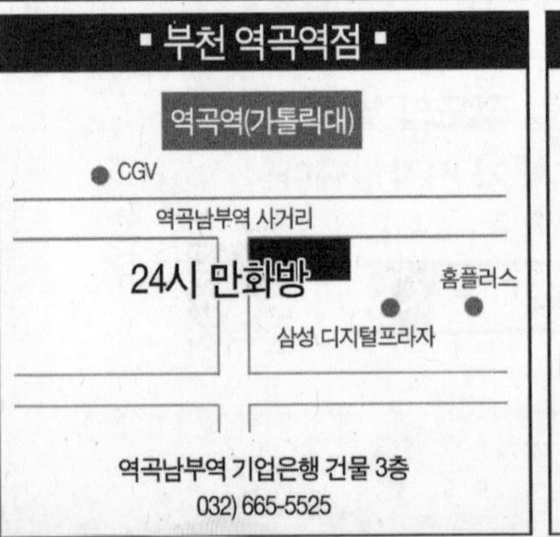

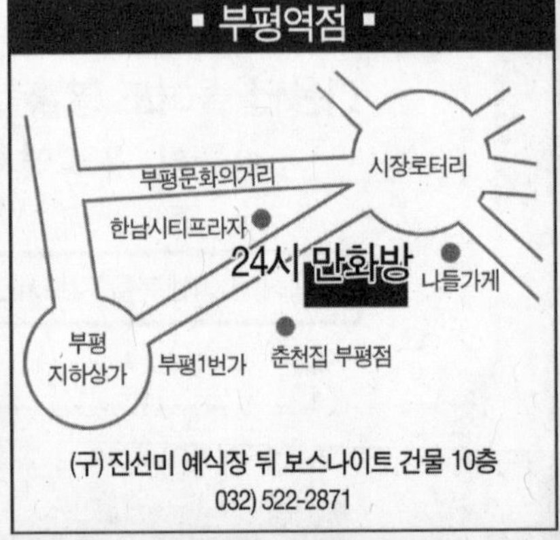

미러클 테이머

인기영 장편소설

FUSION FANTASTIC STORY

MIRACLE TAMER

이계로 떨어져 최강, 최고의 테이머가 되었다.
그러나… 남은 것은 지독한 배신뿐.

배신의 끝에서 루아진은 고향, 지구로 되돌아오게 되는데…….
몬스터가 출몰하기 시작한 지구!
그리고 몬스터를 길들일 수 있는 테이머 루아진!
그 둘의 조합은……?

『미러클 테이머』

바야흐로 시작되는
테이머 루아진과 몬스터들의 알콩달콩한
대파괴의 서사시!!

Book Publishing CHUNGEORAM

이모탈 퓨전 판타지 소설
FUSION FANTASTIC STORY

용병들의 대지
Road of Mercenaries

이 세계엔 3개의 성역이 존재한다.
기사들의 성역, 에퀘스.
마법사들의 성역, 바벨의 탑.
그리고… 그들의 끊임없는 견제 속에 탄생하지 못한

『용병들의 대지』

전쟁터의 가장 밑을 뒹굴던 하급 용병 아론은
이차원의 자신을 살해하고 최강을 노릴 힘을 가지게 된다.

그의 앞으로 찾아온 새로운 인생!
아론은 전설로만 전해지던
용병들의 대지를 실현시킬 수 있을 것인가!

Book Publishing CHUNGEORAM
www.chungeoram.com

FUSION FANTASTIC STORY

텀블러 장편소설

현대 천마록

천하를 호령하고, 전 무림을 통합한
일월신교의 교주 천하랑.
사람들은 그를 천마, 혹은 혈마대제라고 불렀다.

『현대 천마록』

무공의 끝은 불로불사가 되는 것이라 생각했지만
그로서도 자연의 섭리 앞에선 어쩔 수 없었다!

**'그렇게 많은 피를 흘렸음에도 불구하고
죽을 때가 되니 남는 것이 없군그래.'**

거듭된 고련 끝에 천하랑의 영혼이
존재하지 않게 된 그 순간

그의 영혼은 현세에서 천마로서 눈을 뜬다!

Book Publishing CHUNGEORAM

유행이 아닌 자유추구 -
WWW.chungeoram.com

FUSION FANTASTIC STORY

가프 장편소설

시크릿 메즈

SECRET MEZ

—너는 10,000개의 특별한 뉴런을 더하게 되었어.
매직 뉴런, 불멸의 뉴런이지.

실험실 알바를 통해 만난 '6번 뇌'.
우연한 만남은 이강토를 신비의 세계로 이끈다.

『시크릿 메즈』

매직 뉴런을 탑재한 이강토의
정재계를 아우르는 좌충우돌 정의구현!
긴장하라, 당신이 누구든 운명은 이미 그의 손안에 있으니!

"무슨 꿍꿍이가 있는지, 어디 한번 봐볼까?"

Book Publishing CHUNGEORAM

유행이 아닌 자유추구 -
WWW.chungeoram.com